不想她，也難

妍音 著

重新愛戀一次（代序）

妳說，年過四十，才開始學習做自己，才開始有夢，會不會遲了點？

應該是不會的。曾經有一首轟動一時的歌曲，其中有這樣的詞「我知道我的未來不是夢，我認真的過每一分鐘……」

妳也是認真的過著日子，盡心盡力的扮演各種角色，即使未來會是怎樣的情況，沒人敢說得準？但不是人人都說「有夢最美」嗎？所以就朝著妳的夢想，一步一步去追逐吧！

妳說，從國中時代起，妳開始喜歡寫作，偶而也嘗試投稿，幸運都蒙不棄。後來進入高中就讀，在升學目標前導之下，課餘還是經常練習寫作。但因為生性疏懶，一直以來都以隨興隨緣的態度在寫作，不曾將寫作當做終生志業。

妳說，妳實在懊悔，大學四年受文學的滋養，竟是在陷溺甜蜜愛戀之時，忘卻了和寫作締結終生之緣。而後，人生忙忙碌碌，是人媳，是人妻，是人母，寫作只是偷空的休閒了。

再回首，妳說看不到自己，心慌慌。

別心慌，妳一直就在生活裡。人生總有各個不同階段，妳在每個階段都恰如其分做妳該做的事，這些生活軌跡中都有妳，寫作也偶而還是陪在妳身邊，所以，妳不必懊悔。

妳說，年華已老去，年過不惑才要立定志向，會不會慢了點？

絕對不會的。孩子漸漸長大後，妳握緊了，曾被妳冷落的那枝筆，妳尋回寫作這畝田，而妳也認真在耕耘著，雖然過程並不輕鬆，但我看妳也是樂在其中呀！

人說凡事要往前看，未來仍有許多可追求、可創造的機會。別再回頭望向來時路，也許生活中總有幾許遺憾，但錯過的人生，也給了我們另一種啟示啊！留戀或追悔，都是會阻礙進步的。勇敢往前邁開大步去吧！

——二〇〇五年一月十一日中國時報浮世繪——

目錄

第四輯　遊蹤

第五輯 浮生

第六輯　妙趣

第一輯

花顏

一樹燦爛的櫻

春月之後，日日期盼窗台上那株櫻桃快快開花。一日望過一日，新芽不停在枝頭上吐綠，及至滿滿一株茂密綠葉，仍不見它彈出花苞，我總擔心，是不是我又把花養得命脈薄弱了。

前幾日陣雨不歇，窗台上的花，也是受盡雨串欺凌。不免心上又是層層掛慮，深恐一夜風雨過後，只餘下光禿的枝椏獨自承受折磨。

於是每日早晨定要開窗檢視花兒是否無恙，一切安好？意外的，在某日清晨，天空仍飄著雨絲，突然發覺我那株經過雨水滋潤過的櫻桃，正陸續要開花了。

花苞不過綠豆般大的櫻桃花，有著粉嫩淡紫的色彩，優雅極了。她輕巧的由綠葉下方伸展出來，既能有自己的一方天地，也不妨礙葉子的生存，好個君子風度！

待這一粒粒小巧圓潤的紫球花相繼舒展身手後，它們攤開呈向外放射狀。每一枝花

梗上托著五片細小可愛的花瓣，紫色色調由內向外渲染開來，越至邊緣色澤越淡，甚至像是水墨畫中氳開的白色了。花朵的中心，有著幾根極其纖細的花蕊，而其顏色，卻又與花瓣大大不同了。它是由白色蕊絲撐起一點橙黃，即便是那麼微小，它仍能昂首立於陣雨之中，神采奕奕迎接生命的下一個樂章。

幾日過後，櫻桃花也會凋零，但它並不是枯萎，只是花瓣漸漸變成好似脫去水分一般，輕盈安適的飄落，躺在花缽裡，或是窗台上，而且顏色也由亮麗鮮明的粉紫，褪色成一種可供憑弔的黃。而這時，由專注中驀然驚心於櫻桃中的花蕊，在花瓣退出美麗的行列之後，它仍在做最後堅持，堅持另一種形式的昇華，起初是以鮮綠渾圓的姿態對人間巡禮，然後一日過一日，果實的色澤也逐日轉變成鮮豔的紅色了。

去年梅雨季節一過，整株櫻桃樹上果實纍纍，每日都有一粒熟透了的櫻桃，垂掛在枝椏上，等待著小女兒去一親芳澤。這株櫻桃原本就是應女兒要求買下的，剛剛買回時是五月天，一樹青綠之中，處處綴飾著紫色小花，優美極了。女兒是看上了那與她一般靈巧身形的花朵，復又聽見賣花主人說：「結出的果實很好吃哦！和蛋糕上的櫻桃一樣。」女兒說什麼也要讓櫻桃住進家裡，其實等著的，便是嚐嚐自家種出的櫻桃。

而我也樂得購買那株花木，實則是纖柔清秀的花色，就如嬌小稚氣的女兒一般惹人憐愛，不想養它也難。而且，又能親自栽植出香甜櫻桃，滿足女兒嗜食櫻桃的樂趣，我當然樂見生活在滿足之中，時時露著笑容的女兒呀！

就著窗口，在許多時候，都能輕易賞著櫻桃花，當然，必須是花開時節。但總也比一路迢迢奔往許多名山賞櫻來得方便吧！櫻桃戀固然是一首恆久的心曲，但我也不作興趕著擁塞的人潮，所以，櫻花呀櫻花，仍只是多年縈迴心底的夢幻罷了！時日一旦久了，有沒有親眼在遍植櫻樹的山中遇著櫻花，已然不是重要之事。

生命裡真正第一次目睹斜倚枝頭的櫻花，是在今年開春後。二月，仍有寒氣的月份。只是北上後，在回程裡遶上陽明山隨意逛逛而已。原本也沒期望在春寒料峭裡能見著花姿，卻又偏偏幸運遇上，那一驚喜，久久不能放下，甚至就著冷冽的山風陶醉深深了。更讓人感謝上蒼的是，當時花季尚未開始，公園內遊客稀疏，使得有心賞花的人，可以在寧靜之中，大口吸著山上清新空氣，閒適的觀賞那些早醒的杜鵑與櫻花。大多數的花木仍在沉睡，少數急於向早來賞花的遊客，展露笑靨的花枝，悄然無聲的換上一身新裝，擺出嬌羞動人的姿態。不論近看遠望，一色粉紅的柔媚裡，教人忍不住喚醒睡去多時的青春。

櫻桃是櫻的變種，其實仍是一脈傳承，又何需分別什麼？不在花季裡為著賞花趕路忙，而在自家陽台上，賞著同屬薔薇科的櫻桃花，不也一樣賞心悅目？許多事不也如此，能夠達到原本預定的結果，何必一定要循怎樣的路徑。

作文班的學生說：「老師，你兒子如果砍了妳的櫻桃樹，他就能當總統了。」這當然是玩笑一句，因為當得了總統的人，也未必砍過櫻桃樹。而在這些領導人物的童年裡，也必然有過不盡相同的生活啟示。所以，我想兒子的誠實，也並非是在砍了櫻桃，而勇於承認的態度中顯露，這顯然已經矯情了。更何況生活中尚有許多事物，可藉以觀察孩子是否有勇敢認錯的誠實美德。

昔時華盛頓砍了爹爹心疼的櫻桃，原只是他個人要試試斧頭鋒利與否，也並非是華盛頓的父親刻意要試驗孩子的誠實度。後來的人，總喜歡把誠實的行為，侷限在做錯事後能認錯之上。這麼限定之後，恐怕孩子認知的誠實就比較狹隘了。國小三年級的課本裡，有一課談到誠實，是以如下文句闡明：「誠實的人，做的是什麼，說的也是什麼。」

心口如一的人，當然不會去做不該的事，他當然也不需要用假話來掩飾，一旦他發現自己有了過錯，必定也會勇敢承擔責任。這樣無論在言語上或行為上，都有堂堂正正的做人態度，不是更恢宏嗎？

誠實本就是每個人的生活態度之一，任何一樁生活事件都可加以錘鍊，不一定非得藉由花木的折毀來驗證。所以我窗台上的櫻桃樹當然完好如初，而且在今年梅雨之後，又陸續展現櫻的風華了。

今晨推開窗扇，突然在錯綜的枝椏間，發現懸浮一粒綠色果實。啊！真是美妙呀！櫻桃在經過了秋冬的涵養後，春末夏初裡，給了我再一次悸動的相逢。我將耐心等待，等待這今年第一顆櫻桃熟成殷紅，好摘下來換我女兒的一臉滿足。

——一九九九年四月九日台灣新聞報西子灣副刊——

六月雪

雪，該是嚴寒季候裡飄然而來的仙子吧！

雪，該是臘月裡掩盡綠樹小屋的輕柔白色花絮嗎？

想像中，白皚皚的一片雪色，彷彿上天給大地穿上一襲特製的銀質光亮的外衣，純潔的色澤，毫無瑕疵，教人忍不住深深著迷，當然也止不住要一再的讚美，大自然的端莊優雅了。

南國的子民最最艷羨的，便是北國雪掩大地，一望無垠無垢的潔淨。總想著何時，我也能立雪地之中，與雪作最親近最真實的接觸，唯有如此，方能稍稍告慰對雪的相思哪！

對雪的想望，向來是透過冬日寒流來襲時，不小心在合歡山、大屯山等山區落下蹤跡的小雪影子，而作著自我安慰的陶醉。就那一份藉由報章以文字描繪的雪景，也能讓興致維持在高昂狀態。更不時在字裡行間，覓尋雪輕柔飄逸的詩情，彷彿對關於雪的描述文字閱讀久了，雪花真能紛紛飛落眼前似的。

為雪癡迷，盡在心底。因此從不曾在冬季裡登山訪雪。因為在副熱帶氣候的寶島上，山頂降雪是可遇不可求的。與雪的的相敘，一旦少了事先的約定，恐怕唐突失禮；而且台灣山區若是飄雪，大約也是覆了薄薄一層，泥土仍是無法隱藏，那麼又怎忍心去傷害細細的雪花！又聽說冷鋒過境，高山才剛剛飄落如雨般的雪花時，就有來自各地的賞雪人潮，一波波湧上山巔，將山徑擠得水洩不通，白雪又如何能有呼吸的心緒，也難怪台灣山區難得下降的瑞雪，總無法盈尺。

觀賞雪景倘若成了廟會似的活動，原該是幽靜遼闊的雪地，在熱鬧喧嘩中，也會顯得侷促不安了。我很幸運，有過一回融在寧靜雪色的經歷。在離那座為雪白了山頭的大山仍有一段距離時，對那矗立天地一隅，高聳入雲的的山，有著肅穆的景仰心情。它的雄偉，它的雪景，不愧是它能馳名世界的特質。這座鄰國有名的富士山，由以往人們口耳相傳的讚嘆中知悉，到親自領受它的超邁氣勢時，心情始終如朝聖般祥和平靜。

雪地，不是活潑熱烈，少了鼎沸的人聲，也才能閒適的踏雪，也才能結實的捧著雪。在一片白茫茫的雪地裡行走，步履較是沉重，印在雪中的足跡深刻明顯。也才更是明白，人生路上若能小心翼翼，腳步踏實，行事才能穩健，囊袋才能豐碩。

真是「泥上偶然留指爪，鴻飛那復計東西？」從東瀛歸來又是數載了，富士山麓曾經疊印的足跡呢？又在幾次飄雪後被掩埋了？或者又在他人的足下潰散呢？而我，也早已與它又成各不相干的人事了。

雪，於是不會再熱烈的挑動我的心弦。許多事情有過一次經驗之後，想望之美會收藏在記憶的最深處，偶而懷想也就足夠了。

誰知，這天地間竟有六月之雪，極是不可思議。

那日，上市場買菜，經過熟悉的售花小攤，不經意的瞥見，架上一盆開著幾朵小小白花的植物，玲瓏小巧的綠葉，葉緣處有著似乎是刻意描上一圈，色澤較淡於葉片本身的的輪廓，極是特別。於是隨口問著植花主人：「這是什麼花？」「六月雪，也叫白鳥。」她的回答自然快速，我卻已為「六月雪」這獨特的花名深深著迷。正遐想時，總想印證自己的想像是否離譜，便又接著請教那位植花者又兼售花的太太：「六月開花嗎？開成怎樣？」售花太太耐性十足的回答我：「台灣的天氣好，不止六月開而已，它開花的時候，整株全開滿小白花，像雪一樣。」

啊！雪，也能在我的窗外等候我了，有了這一層喜悅，無論如何也要買回六月雪。兒子一路為我捧回六月雪，我注視著枝葉間已有的兩朵白花，心底期盼他快快感染其他尚在熟睡的花蕊，盡速展露似雪的風華。所有沉靜已久對雪的思念，全數爬上心頭，自己都感覺得到焦急的心緒。再也按捺不住了，也早忘了已是九月，偏偏執著在「不只六月開花」那句言語上，期盼真能應驗呀！

是不是我的心意，教六月雪膽怯了？是不是我時時的注視，教六月雪羞得不敢展現風情？於是我只敢離窗台遠遠處偷窺，或者澆花時用心注意。

六月雪啊！我不再強問，妳幾時花開成雪？

我知道，當我玻璃窗扇外，漸漸綴滿純潔的白，便是妳來了，六月雪。

——一九九四年十二月五日台灣新聞報西子灣副刊——

永恆的朝顏

　　牽牛花雖不是夢寐難忘的花色，但它那喇叭狀的身形，以及隨遇而安的生長特性，曾經十分自然的現身於生活週遭，幾乎可說是生活中的一部份了。

　　簡簡單單，不故作姿態，也不強求生存空間，只是隨意的在路邊巷尾，尋個安身立命之處。既不擾攘，也不喧嘩，只是沉靜的讓浪漫的紫色爬滿牆頭。童稚的年歲裡，一片蔓生的綠葉紫花，是經常出現眼簾的圖畫，可惜當時年紀小，不知該從平凡中去吸取光彩。

　　年少無心，許多事物都只浮光掠影，一閃即逝，不曾停足在牽牛花前一時半刻，更遑論用心去體會它纏繞整片竹籬的心情。那時節匆匆忙忙，只是迎著生命成長的腳步，忙著要捕捉一些虛幻的感覺，反而錯失了最真實的景物。

　　後來社會變遷，拆除房舍，拓寬道路，許多熟悉的事物逐漸消退了。不知不覺中，喇叭狀的小花似乎也自生活中剝離了。一旦少了一種親切的召喚，悵然若失的感覺，也

就經常縈繞心頭了。只是不知往昔隨處可見的牽牛花，轉眼都去了何處，都市裡再想見著整堵牆都騎滿小漏斗似的牽牛花，可就為難囉！

在賣花婦人的花架上，意外的遇見了曾經熟悉的紫花。只是詫異，闊別若干時日後，我抽長的身長，將牽牛花比了下去。牽牛花變矮了，是為了在現今狹小夾縫中求生存而自然轉變？抑或是植花者為了迎合窘迫環境做了品種改良？但，無論如何？牽牛花攀爬的柔媚已不復可見，教人不免有些神傷。而這一切，其實是環境不容許它作完全的放鬆呀！

原本可以自由奔放的青春，禁不起生活空間的大遞換，公寓房舍限制了它肆無忌憚的攀纏，落寞必然是會有的，可不是嗎？矮牽牛輕軟的莖條，總像垂喪著氣似的低晃不停。我的傷感，不過是不忍見牽牛如此卑躬屈膝罷了！

於是買回了兩株矮牽牛，私心裡還冀望，在我的尊重與照顧下，它能回復攀爬屋牆的素樸。然而，我竟粗心的忘了「物競天擇，適者生存」的定律。牽牛花能繼續在紅塵中露臉，必然是已作了某種自我調適了。

也罷！是認知中傳統的牽牛花也好，是現今社會新品種的矮牽牛也好，都脫離不它是旋花科，一年生草本植物的本質。而我何妨低調一點看它，等著欣賞一缽略帶憂鬱的紫藍牽牛花吧！

其實買下時，葉腋處就有小小紫中帶藍的花苞了，一直不死心的盼望它盡早爬滿窗台。次日早晨，真的就見有數朵盛開的花兒，在莖條末端迎向朝陽，雖然它的莖是輕柔的，但已不復昔時那般軟弱無力，顯然經過時代快速變革，牽牛花也練就出不再依附他物的獨立生存哲學了。

從前竹籬笆上整片都是牽牛花緊纏著的莖葉與花，從來也沒去注意它的生命是長是短，因為竹架上總是密密麻麻的紫花，永遠的欣欣向榮。於是錯覺裡，一直以為牽牛花是不凋的精靈，甚至忘記只要是有生命的，必也有其始與終。但是怎麼樣也沒料到，矮牽牛綻放出的花朵，才只擁有一日的光彩，在昏暗夜色來臨時，它也逐漸要黯然失色了。

我仍然尚未從花形的枯萎中，領悟到美麗是無法恆久的真理，因為我猶在澆水上不停賣力，盼望能起死回生，讓鮮明亮麗的牽牛花，能持續活躍在它僅有的天地裡。花的生命一旦到了盡頭，即便是在水份上多所斟酌，也依舊難逃凋零的命運。

最後我不得不承認自己是笨拙的，因為日日在期待新花苞的綻放中，無可避免的也瞥見了彎身，無力再現青春的乾枯花瓣，心裡便滿是心疼，心疼它的美麗只能短如一瞬。

直到看了一本書之後，才豁然明白，因而也對牽牛花的生命力有了另一層認識。上天賦與牽牛花的生機本就不長，朝開花，過午即閉，我卻無知的妄想逆天而行，無可避免的也就自尋了許多傷感。牽牛一名雖然樸質，但仍嗅不著它光彩快速隕落的氣息，反倒是日文名稱中已透露出它短暫哀淒的美了，因為他們換它作「朝顏」。

它只能保有一日的光華，而它又是如何在短促的時間裡，將自己最能傲人並能惹人憐惜的姿態呈現出來，以吸引路人呢？這當然是百思不得其解的問題，我當然也不會癡傻到要窮究到底。只是它讓我明白了，即使是短暫如一日，也能將美呈露出永恆之姿。

可不是嗎？人人都知花瓣連合成喇叭狀，莖有纏繞性，葉呈三裂心形，花色不一的便是牽牛花呀！

——一九九五年七月二十六日台灣日報副刊——

桂花情

推開窗，嫩黃桂花飄散著淡淡清香，忍不住再三嗅著，深恐一閃失，幽香散了，是會要人失神了呀！

正詫異桂花開在微涼的十月裡，是花苞亂了神？還是花蕾要急急探訪人間？可又錯了呀！不是八月桂花香嗎？那麼是這株窗台外頎長桂花錯過花期？或是主人盼著盼著，也將花時盼過了。

剛剛接回這株桂花時，是在春末夏初。滿枝綠葉，只有生意，沒有花香。順口問植花人：「快可聞到桂花清香了吧！」聽到的回答是：「八月桂花才吐露香氣。」才回過神，原來桂花柔情，選擇初秋微涼時分，綻放小巧蓓蕾，讓大地不致立即蕭瑟起來。明白了桂花體貼心意，但是無法即刻目睹，飄送花香的桂花，是如何展現花姿，仍有失望神色。於是安慰話語隨即傳入耳內，「臺灣是寶島，四季都一樣了，花要綻開也不定哪個月份了，陽明山的花，不也四季都有！」

心境抒開之後，照顧花兒便輕鬆愉快。如常的澆水，靜靜的注視，其實仍是期盼它早些飄香。也許桂花也感染了催促吐蕊的思維，又或者是這株桂花，也想嘗試在小小窗台上搔首弄姿一番。在六月陸續的幾次陣雨之後，某日清晨我在雲外飄來的天香中甦醒，興奮、愉悅、幸福盈滿一心，怎可錯過與鵝黃小巧的桂花私語一番。

花開期間，總守住一扇窗扉，任憑家事荒廢，也決意要吸足桂花精華，轉花香為心香。日月輪轉，花時短促，只盼花謝之後花會再開。

依舊是勤於照拂，依舊是日夜不定時的翹望。夏去秋來，桂花芳蹤仍然渺茫。是錯在六月現過身了？還是四季中，只能選擇其一來綴飾人間？長長的等待之後，真要失望了。以為仍然臨風的桂花生命盡了，所以不再孕育花苞；以為蒔花成殘，所以時時為花傷情。

意外的，在變天涼颼的十月裡，桂枝上處處懸著細緻花蕊，不吝惜的將全部香氣完全傾倒出來。在一次陶醉桂香時，深深感謝桂花的貼心，也要珍愛與它的默契了。

——一九九四年十一月二十日台灣日報副刊——

玫瑰花語

玫瑰，向來不是最喜歡的花色。因為多刺，極易在持拿之間，扎傷了手。但，它卻又是傳遞愛意，絕佳浪漫的花材，縱是不想欣賞它，恐怕真是困難。

陽台上曾經栽植過一株紅玫瑰，但在不得當的照料下，花開一回，隨即失去生機。後來，又在窗臺上養著一缽小小的迷你玫瑰，經過細心灌溉，才不時綻放著幾朵嬌小紅艷的玫瑰。

然而，再美的花，也終會凋謝。雖然少了玫瑰作媒介，情意仍然存在，可偏偏就難以適應少了玫瑰的生活。於是，曾經與孩子一同學習紙黏土，從各式搓捏技巧中，也學得塑捏玫瑰的方法。從一粒粒小圓球似的黏土，按壓出一片片花瓣，然後再一片片疊出玫瑰花形，而在疊塑之間，是需要小心翼翼，否則稍不留神，恐怕就無法顯現玫瑰的花姿了。

剛剛學會揉捏玫瑰時，心情是莫名的興奮，因為不論是三兩瓣捏成的花苞，或者五六片疊成的盛開花朵，都有一手培育的成就感。實在是意想不到，玫瑰的姿態與風情，竟然也能自我的十指下綻放開來。於是在捏塑任何一件作品時，總不忘順手綴上幾朵玫瑰，小花藍邊斜綴著幾朵艷紅玫瑰；面紙盒上排列著粉嫩的藍玫瑰，和淡雅的黃玫瑰；而粉紅玫瑰則慣常單獨展現柔美，不再作其他物品的綴飾了。

學習紙黏土之後，原以為尋到了一種讓玫瑰永生的方法。不料，所有的遐想，仍不敵自然法則。

花，之所以是花，因為有著花開花謝的哀與喜。紙黏土捏塑的花，固然超越了花落的悲情，但這世上也絕不可能有永遠的美麗。美麗的事物，常是禁不起再三把玩的。紙黏土因為有著材料乾硬之後撞擊即碎的特性，所以，以它捏塑而成的玫瑰，雖然華麗，卻顯得侷促不安，有點兒勉強了。

前幾日，從女兒口中獲知，五樓小莊太太會做紙玫瑰，因為無法忘情玫瑰的綽約風姿，於是趕緊拜師學習。小莊太太摺成的玫瑰，可不是用坊間流行的皺紋紙，而是日常生活中使用的花色衛生紙。小莊太太詳細的指導，將衛生紙裁成大小一致的四方形，再以牙籤稍稍捲出花瓣外翻的形狀，然後再三張一組的，由中心而外，一層一層的疊出一朵玫瑰。為了讓紙玫瑰也栩栩如生，小莊太太還準備了細鐵絲與人造綠葉。當花朵與枝葉緊緊纏繞之後，遠遠望去，還真誤看成生花呢！

以衛生紙摺成的玫瑰，比紙黏土捏塑的輕盈多了，也逼真一些。不過，在色澤上受限於衛生紙的花色，而無法多樣了。我見過小莊太太摺成的粉紅玫瑰，也見過大莊太太的藍玫瑰花束，對於她妯娌二人的巧思十分欽羨，但又亟思與人有別的創作，於是選擇淡淡的粉黃色調，摺成一束玫瑰，與我相伴。

總共八朵鵝黃玫瑰，有含苞待放的，有完全盛開的。近些日子來，這八朵黃玫瑰隨意插放在書桌臨窗一角。每當微風透過紗窗，輕輕拂過玫瑰花瓣，它們迎風的姿態動人極了！細細的枝椏，在風中擺動時，更帶幾分嬌羞。

人間事無法十全十美，似是定律。最深的擔憂是，無情的狂風暴雨折損了它們。平常生花玫瑰不能缺少水分的滋潤，往往含帶水珠的玫瑰更是迷人。然而，花色衛生紙摺成的玫瑰，雖也生動嬌美，但最大忌諱，卻是不能沾上水滴。紙玫瑰一旦浸染水分，整朵幾可亂真的花朵，恐怕將會潰散，以致不成花形了。

為了讓這八朵手製玫瑰，不時為生活增添情趣，特意將它插放在靠窗的書桌前，讓它稍稍遠離水的威脅，而又能偶受微風照拂。不過，倘若遇上大風雨，還是得趕緊關閉窗戶，才能使這些玫瑰依然開放，不致凋零落敗。

每當自己往桌前一坐，凝視這幾朵頗有生意的紙玫瑰時，心情總也十分愉悅。愛極它時，也會伸手輕觸花瓣與枝椏。偏巧人造玫瑰的枝椏少了花刺，因此撫觸時，便少了擔憂，多了舒適。紙玫瑰或許少了生花的許多自然組織，但它倒也有著生花所欠缺的溫柔。由此，便可以不必計較世事的無法圓滿，因為縱有缺陷，也是一種美呀！

——一九九四年八月十七日台灣日報副刊——

木棉之慕

印象裡木棉是在天氣轉暖時，才會陸續開花。令人驚奇的是，在寒流接連來襲的天氣裡，木棉也能適應寒氣，優雅的展現它嬌豔的花姿。

春節北上台中時，路過高速公路岡山路段，公路兩側嫣紅亮麗的木棉，在寒氣濃厚的曠野中，仍是昂揚挺立，一點也不為天氣寒冷而瑟縮，所以教人為之驚艷。也由此，使得原本因為寒氣而一直抖顫的心頭，結結實實的注入一股活力，精神頓時振作不少。

那一段木棉花列，不過區區數百公尺長，倒已衍生出無限欣欣向榮的神態。那麼塞車之苦，又算得了什麼？有了熱鬧的花色，寒流頓時也少了幾分威力了。

木棉這樣的樹所以會教人喜歡，多半是因為不是粗壯的樹幹上，伸展出許多纖細枝條，像極了體態多姿婀娜的女子。尤其花開滿樹時，秀而不媚的花朵，究竟不是低俗的送往迎來呀！

會與木棉親近，應該是結緣於高中時代。校園雖然不大，但是花木扶疏，尤其學校依山建築，所以校園中的花木也就有了階梯似的排列。高一時教室位於一樓，可惜窗外整排木棉，只能樹幹入我眼簾而已，所以不會遐思，平平淡淡度過。二、三年級教室均在二樓，木棉柔嫩枝條與它清麗的花葉，常在微風中隔窗向我招手，寂寞十七歲裡，總在心裡向木棉呢喃，所有成長的苦澀，大約只有木棉最懂了。那時節，在枯燥無聊的升旗中，師長單調的語音很快在空氣中潰散，唯有升旗臺兩側的木棉，一輕遙、一吐艷都能緊緊扣住心弦，有時白花花軟綿綿的花絮，掙破一切彈放出來，彷彿清純的夢幻迅速有夢，隨即飄遠。

年少的煩惱不著痕跡，離開中興新村後，木棉也失了記憶。如果不是近幾年偶爾在高速公路上奔馳時，巧遇展現風情的木棉，熟悉遂一點一滴匯回心底，否則將會遺忘，遺忘我那欲訴無人能懂的年少。

樹，因為大多粗大，除開榕樹因為見多熟識之外，其他樹種樹名均喚它不出，真是個植物盲。但是偶有一、兩種花束因花開得特別，使我能在它開花時辨認出來，鳳凰木是其一，當紅艷滿樹時，愛在樹下撿拾落花，拼花成蝶，藏它恆恆久久不要離別，這舉動大約小學年代專屬的。由花認樹，木棉則是其二，木棉花開時，多半未達離別季節，本就不具傷情，又它花色雖也鮮艷，卻也不會教人驚心動魄，當然賞心悅目多了。

我所居住的城市，選定的市花正是木棉，市街中許多路段都栽種木棉為行道樹。偏偏我是疏懶之人，也是笨拙之人，僅僅只會一種最簡單的交通工具（腳踏車），所以平日活動圈只在住家附近方圓一公里範圍內，湊巧住家鄰近若干街道都沒栽植木棉，所以才會在外出時，在高速公路上巧遇木棉後，欣喜萬分。

雖然不是日日與它為伍，但木棉真的能在生命中任何一個階段，適時給予自然不需言語的支持，這份親切教人忍不住要戀者它，從年少到如今。而木棉所暗示對抗惡劣天氣的勇氣，更是人生行事的一大堅持。我但願也能如木棉一般，抗拒每一波洶湧暗潮，然後自信十足的散放光華，但又能有份能給予人親近的素樸氣質，使他人與我之間的交往不需有負擔的心情。

啊！木棉，木棉，我但願能是妳。

——一九九五年四月十日台灣日報副刊——

好想去賞楓唷

已年過四十，卻仍無緣與楓紅相親。

總在報章雜誌的旅遊版面上見到「××楓情」、「楓趣××」，而我仍只是紙上遊，只是在想像中讓深秋的層層楓紅裹我一身。

只要天候一轉涼入了秋，聽說楓葉就會漸漸變色，變了色的楓葉無限嬌媚，而我只是由圖片中就已心領神會了。若真的置身於楓葉林中，怕不眩然癡醉了呀！

很難去想像穿梭在紅楓片片的林子裡，頭頂上滿是紅酒染紅般的葉片，那麼應該也會醉了吧！

此刻一陣微風襲來，意象裡竟都是楓紅，就在頭頂上，彷彿舉頭目光就能與酒紅的楓葉相迎。想著想著，心情即刻轉換成愉悅恬適的。

曾經在陽明山見過身形小巧，狀似紅楓的葉片，當時既興奮又天真的認定那就是楓

葉。直到後來朋友解說，那是與楓葉神似的槭樹，才恍然大悟。不過，也稍稍滿足了賞楓樂趣。

秋涼時節，楓葉正以她嬌媚姿態向世人召喚。無奈我總忙碌，以至於年復一年，仍然無緣讓自己真實的置身在，如醺然醉酒的層層楓紅中。

啊！好想去賞楓唷！

——二〇〇二年十一月十一日台灣新聞報西子灣副刊——

窗台上的鳥語花香

都市裡，樊籠似的公寓，若能有鳥語花香，旁人聽來倒似天方夜譚，而我自己其實是如閱讀童話般的訝異。但事實上，每日便是在如此如詩似幻的情境中，開啟我一日的生活。

自來便奢想花香能是生活的部份，所以勤於栽培花色。然而往常可能愛之太過，日日澆水，以致花色皆爛根而亡；後又不及，那便是疏於照顧，而使花枝枯萎乾癟，而此兩者皆令自己深自懊悔。然而不知是自己對於盆栽知識近乎癡呆，又或者真是住處陽台光線不足，又少了晨露滋潤，總之，陽台上從不曾有花開盈窗的成果。

植花信心在幾度失敗中迅速滑落，很長一段日子，絲毫不敢碰觸與花有關的事物，於是也就任由窗台鐵架空空蕩蕩，盆中土壤一日乾過一日。可我愛花興致仍一日不減，亦無法對花忘情，是憨？是癡？大約也說不定了。

由於對自己還殘存一點信心，所以，再種種看吧！於是選擇會散發清香的桂花，期盼的是，平凡簡單的生活裡，能綴入一些純淨花色與迷人花香。

究竟是失敗後體悟的植花哲學？抑或是花兒不忍讓我再次失望？總之，此番用心栽種，花兒果然陸續開花。見到窗台上自己栽植的花枝，毫不矯情的吐露小小花蕾時，真是難掩興奮情緒。然而，當桂花第一度凋謝時，乾乾枯枯的小小花瓣隨風墜落窗台上，也曾有「明媚鮮妍能幾時」的惆悵。此後日日對窗凝望，不僅是憑弔對花曾有的風華，心底最深的盼，是想著何時桂花能再度飄香。

花，真的善解人意呀！我的心願終於在某日落雨的清晨裡實現，也從那時起，花香就不曾斷滅過。

「滿室盈香」真的是令人陶醉的。每日清晨起身第一要務，即是拉開窗帘窗扇，對著窗台上嬌小的桂花花苞深深吸足香氣。每隔一段時日，乾枯的花瓣才輕輕飄落，鵝黃粉嫩的新蕊立即就探首出來，這情形連續數個月了，所以真是感謝呀！

桂花茶、桂花糕，皆非我所欲求，因為生活中若有了桂花香，那便是一大享受。當然，在這清逸香氣中，若能偶爾啼唱幾聲鳥語，享受情境則可說又上層樓了。

何其幸運，有了花香之後，鳥兒真的會三五結伴的飛來我小小窗台，吱吱喳喳，是歌唱也罷，是啄食也罷，總之均已使原本幽靜的角落，有了熱鬧活潑的氣氛。小訪客結伴前來叩窗扉時，既放心又自在，時而輕歌漫舞；時而抖動翅羽做勢飛離，旋即飛回。我這一方小小窗台花香處，似乎已是鳥兒們流連徘徊之處了。

可不是嗎？有了花香之後，自然就有了鳥語。而這童話似的情境，竟然就在我的窗台上鋪陳了，真是美妙可愛呀！

——二〇〇一年二月十二日台灣時報副刊——

第二輯

風雨

風雨中的期盼

高雄地區豪雨不歇，釀成水患的首日，正是星期五。當日先生前往嘉義，傍晚時分要返回高雄之前，他曾在電話中表示將出發了。我在心中預計，那麼就七時過了再開飯吧！

豈知，六時三十分左右，家中電話再度響起，先生說他人在台南附近，因為高速公路稍有堵車，同時南下三四四公里處積水，他將由台南下交流道，改走省道回來，預定八點多到家。

但，過了九點仍不見歸人，於是趕緊撥下先生行動電話號碼。通話後，先生說：「我在岡山，車子行進速度比行人走路還慢，因為岡山到處積水，車子又全從路竹交流道轉下來，塞成一團，看來大概十點多會到家吧！」

不知是先生生性樂觀，還是故意安慰我。總之，過了十點半，甚至十一點，都還沒見到他的人影。不過，因為已經確知他在何處，才稍稍寬心。

漫長的夜，似乎更是深沉，更何況還多了豪雨助虐。女兒年紀幼小，早早睡下，兒子呢？我頻頻催他上床，他硬是不肯，堅持陪我等爸爸回來。

午夜十二時鐘響後，仍未有先生蹤跡。而屋外依然是狂亂的雨不停止的傾瀉，我與兒子頻頻從窗縫看出去，只要是巷道邊乍現的汽車燈光，都能激出些許希望，但隨後又一個失望。

終於在十二點三十分的鐘響之後，他回到家中。連續七個小時窩在車內，在天候惡劣、車陣混亂且寸步難行的情況下，草草果腹後，「好累」二字，道盡他整晚的感受。

雖是累得接近虛脫，可他偏又睡不著，反而忙著收聽警察廣播電台的頻道，他說還有許多人困在岡山附近，而他自己能脫離困境，全拜收聽警廣之賜。廣播中，有許多熱心的朋友提供路況、路線，只要聽到有人已經到達目的地，隔著收音機，他那副高興的樣子，彷彿是自己熟識一般。那夜，他到凌晨兩點多才沉沉睡去。

人間處處有溫情。平日平靜的生活裡，只有匆忙與陌生，然而一旦情況窘迫時，人飢己飢，人溺己溺的精神就完全激發出來。連日來，從電視新聞畫面中，看到大高雄地區水患的恐怖，也見到南投山區的慘況，看著聽著時，眼眶禁不住也會濕潤。唏噓之餘，也只能祈求天空作美，早日放晴，好讓受害民眾能早日重建家園。

而這同時，也見到許多軍警人員奮不顧身的，冒險搶救受困民眾，或者運送民生物資。更有那國軍弟兄為了搶修積水嚴重的高速公路，不分晝夜的冒雨在積水地段工作。凡此種種，在在都流露人性的善良面，以及軍警愛民的胸襟。

豪雨帶來湍急的水勢，教各地的排水系統不及宣洩，雖然誠屬天災之一，然而生活在這片土地上的我們，難道有善盡保護的責任了嗎？因為利益，而過度開發山坡地，且濫墾山林、濫採河川的現象比比皆是，所謂的寶島早已千瘡百孔了，任何一場天災都可能加速惡化了！

對於天災，當然也只能是無奈的忍受著，然而人禍卻是可以避除的。如果伐林、採砂，一切合法，情況應能改善。而這之中最重要的，當是國人生活道德的重整。一旦人

人皆有道德觀，隨手棄置垃圾的現象當會消失，下水道及河川下游的淤塞情況也才能消除。美麗的河川山林，如果少了人們的珍惜，又怎能恆常擁有呢？在自然資源有限的寶島上的同胞；是不是該有深一層的省思了？

——一九九四年十二月五日中華日報副刊——

風從哪裡來

冬天走遠之後，會在窗外呼呼作響的風，也跟著尋不到影蹤，正納悶，風，可是回家了嗎？

但是，始終想不透，風的家在何處？它不是已經習慣東奔西跑？或是跟著成群結隊的雨珠姑娘身邊竄？這會兒，天空的一抹藍，乾淨得找不出一絲雲彩，風，於是也頑皮得藏了起來了吧！

那年不是有人唱過，「風兒多可愛，陣陣吹過來，有誰能夠告訴我，風從哪裡來？」是啊！究竟風從哪裡來？又向何方去？

電風扇轉動的風，熱熱的、虛虛的，吹上身也感覺得到是電流轉換的。它不是輕靈的拂過臉頰，讓人期盼恆長留住的微風；但也不是排山倒海而來，會令人瑟縮的陣陣狂亂的驟風。電風扇的風，總也不是令人喜愛的。

午睡醒來，靜靜守候窗前，只等著，春日裡柔柔的風，尋著路又回頭拂來。但翹首千回，仍見不到風的影子，聽不到風的聲音。

專注的聽著，留神的守候，絲毫不敢分神，深怕一轉身，俏皮的風兒就在身後裝模作樣。但就這般完全的投入，還是逃不了失落。浮動的空氣，無色無味，彷彿不曾存在，窗外的世界於是幾近死寂。此刻，倘若有風，只消細細輕飄，也能教人意識到空氣的實在，感受到活潑的生命。

忽然間，窗臺上的茉莉花與桂花不約而同的抖動著葉片，鮮綠的葉片輕盈的搖晃著，當然是悄無聲息。倘若不是專心覓尋風的蹤跡，怎可能會在花葉間，發現精靈的風又躡手躡腳闖入這座城市。風如果是安靜的姑娘，可能就不會玩著躲躲藏藏的把戲，偏偏它是靜不住的頑皮小子，才會粗心大意的在枝椏間，洩漏了自己的音訊。

悄聲問著風：你從何處來？空氣中仍是無色無味，甚至沒有回答。

風，仍然從茉莉花潔白花瓣上溜過，瞬間它已在玲瓏小巧的桂花底下搖撼，震得桂花暈頭轉向，不停吐著氣排解驚險。桂花一吐息，誘人的清香抓著風的褲管，劃過窗扉，飄進室內，剎那間花香充盈四周。風，這小小的流浪兒，倒也行了樁好事。嗅著桂花香氣，看著花影搖動，心裡直謝著風先生。

但就片刻工夫，花香淡了，葉片也靜止不動了，正要揣想，隨即悟出：風，來時一剎，去時瞬間。那年唱歌的人不是也唱著，「來得急，去得快……別問風從哪裡來……」是啊！真不該唐突問它來處。也許它真是四處流浪，又怎麼告訴我，何處是家呢？

當一切回歸寂靜時，窗外的幾株花兒彷彿睡著一般，不再展現美妙姿態。或者它們是凝神等待另一次風的光臨，好再度舞動生命的光輝？風止時，不僅花葉無神，我在室內也覺得越來越是悶熱。其實，壓根不喜歡去扭開電扇，因為機械式的轉動中，除了十分規律之外，該有的自然完全沒有，它又怎會又調皮又親膩在身上奔竄呢？

微風，是最教人喜愛的。但在這炎熱夏日裡，又是亞熱帶的南台灣，看來風也要避暑去了吧！通常白日裡，氣溫恆常在攝氏三十度左右，連風的影子也不得瞧，它恐怕早就奔逃回山裡去了吧！想念它時，除開頻頻向屋外探尋之外，大約也只能接上電源，讓電風扇去滿室轉動，製造一些熱風吹吹，聊勝於無嘛！

風，它還挺會注意天氣變化，總是午後三、四點之後，蜻蜓點水似的試探人間，擺動兩下枝葉，不過是告訴人們：「我要來囉！」氣溫隨著太陽斜西，漸漸降低一些，風，於是大膽的開懷笑著，它笑得窗外懸掛的風鈴，止不住也要輕聲和著。

日落之後，只要仍在窗邊，必然感覺得出，風在空氣中成串的追逐。風奔竄時，揚起一陣陣涼爽舒適的氣流，撲上身時舒暢無比，尤其在這初夏時分，因為有它，才不致要厭惡起夏季呢！

喜歡在夜晚八、九時，與孩子一同在屋外走走，雖然已是六月天，但夜晚仍然有涼風習習，總會教人誤以為猶在春天的懷抱裡。與孩子在路燈下玩著踩影子，小女兒前跳後跳，風也不停的由她額前瀏海鑽進鑽出，許是因為涼快，所以不會出汗，女兒玩得又起勁又開懷。

風，是可愛的，即便是冬日，夜晚外出丟棄垃圾時，女兒也總要陪著，雖然一雙小手緊緊拉著外套前襟，她也老喜歡與冬夜的風，玩著敲敲門的遊戲。而刁鑽古怪的風，總愛從我高高的領口，倏的像溜滑梯似的滑入，冰涼得直要打著哆嗦，可又捨不得怨它。

是哪一個季節的風，事實上都不打緊。生活中只要有風來湊湊熱鬧，可就生動活潑又趣味多了。沒有風的時候，小人兒玩得不停的出汗，大人們也會感到空氣的沉悶，總之，是一切都渾身不自在、不順暢。可不是嗎？孩子總是叫嚷著：「媽，怎麼沒有風？叫風快來呀！」

孩子的爹雖不致於要我去尋覓風的訊息，可他也會埋怨：「空氣很悶哪！」

其實真想拜託風先生，不要四處流浪，固定一個處所，只要人們想它想得緊時，透過空氣傳去消息，風就能迅速回轉，但這是永遠的癡人夢話。而風的教人難捨，也就在它不聲不響的來來去去，和它揚起時帶來的涼意。可是我最大的難處是，小女兒問著我：「媽，雲住在天上，那風住在哪裡？風從哪裡來？」這時候，我該怎麼向她說明，風從哪裡來。

——一九九四年八月十七日台灣新聞報西子灣副刊——

瀟瀟雨聲繪晨景

清晨時分，天色仍然昏暗中，天空落了一陣急雨。淅瀝嘩啦中接續不斷的雨勢，倒將昨日裡殘餘的熱氣清洗殆盡。而後，天色在雨水不停的洗滌中，一分亮過一分，終於將漆黑刷成白淨。

這一場雨剛開始傾瀉時，雨陣落地的聲音是駭人的，教人猛然自睡夢中驚醒。雖然身在室內，但黑暗如窗外的天色，於是驚心的情緒充塞胸中，想著這雨，是不是要強度我薄薄窗扇？

因為有了這層憂心，因此有些兒憎著，不時濺灑幾滴水珠到房裡的雨了。幸好，心念隨即一轉，缺水聲浪中，這是一場頗有助益的及時甘露吧！於是寬心了許多，就算是雨水氾濫到屋裡，也不過是桌面濕成一灘罷了，也不會怎樣啊！自擾的因素一旦去除，也才有了聽雨的心思了。

擁著涼被，側耳傾聽著雨的旋律，果然是節奏分明、聲韻優美。突然由室外劃入一道亮光，常識判斷將要打雷了。雖然有了心理準備，但那灰黑中的驚雷聲響，仍是依恃著宏大聲音，將僅存的一絲睡意，完全震出腦際。精神稍稍清醒之後，也正發現灰破布似的天際，隱隱約約的露出一線淡淡亮光。雖然這時大地仍被朦朦朧朧的紗帳罩住，還不是清晰畫面，不過亮度已夠令人放心的了。

雨，仍是不厭倦的下著，看來似乎是一群不容易罷休的精靈。它們詭異的行蹤，時急時緩，時大時小，除了給予水源充沛的補充之外，事實上，也平添生活許多不便。

在一陣狂暴的傾倒之間，透過掛滿雨痕的玻璃窗，發現天空在不知不覺中，已經轉成一片青蔥白。然後，很快的一分亮過一分。我索性起身倚著窗櫺，仰視著天際，因為天色的變化巧妙，還真是吸引人呢！

陣雨帶來的涼意，在酷熱的夏日裡，真是難得的舒爽，清清涼涼，恰到能夠忘了正是炎夏的地步。可能在舒適的微風中岔了神，感覺方才凝思，怎的天色竟已大白。此時的天空有一抹藍，讓人在聽覺享受之外，又多了一層視覺享受。

當視聽感覺正達和諧狀態，雨，卻在遠處傳來「喔——喔——喔——」的雞啼聲中嘎然而止。此時真教我領教了，夏日的陣雨來時容易去時也快的烈性。雷陣雨在落下之前，沒有絲毫跡象能讓人防備，甚至連離去也是突然轉身，沒有頻頻揮別的拖泥帶水。但這倒不會引出我多少遐思，我真正陷入思索的是，城市裡有哪戶人家，仍然戀著鄉野生活，而在家中飼養著雞，使得我，在十里洋場的雨日清晨裡遐想深深。

不僅人事物能發人省思，連自然現象，也是教人納悶的。大雨已停，雷聲反是不間斷。只不過，這時連續不絕的雷聲，已不是大雨下著時的粗暴姿勢了。這時聽來，雷聲像是遠處敲響，震到此處已是末段，感覺上是有點軟弱無力了。

而此刻的天空，也由那一抹淡藍，將原本皎白的色調，渲染成整片毫無雜色的藍了。這樣的藍天不是深沉憂鬱，而是清爽平和的淺藍。不一會兒，這藍色色盤中開始透進陽光，大地光亮了許多。鳥兒也在雨停後，欣喜的在空中飛躍，享受雨後清涼與潔淨。而鳥兒們也不停的吱吱喳喳啼叫，似乎是急著要將這快樂的訊息，傳遞給尚在夢中的人們。

節氣已過端午，但這樣的畫面，若不是兼雜著聲聲響雷，是容易教人以為春去春又回了呢！

——一九九四年七月三日台灣日報副刊——

晴時當記雨日苦

陰霾終於遠離了。

今晨五點多突然自夢中醒來，才一睜開眼，窗外明亮的色調，令人精神一振。接著，窗台上傳出來來去去的鳥鳴聲，可以想見，鳥兒趁著天晴趕緊活動一下翅羽，免得生疏了飛躍的技能。

六時許，自遠處傳來斷斷續續的雞啼聲，正催促著人們早些兒起身，與久違了的陽光謀面。此時，光亮耀眼的陽光，已悄悄的爬上建築物的牆面。

大半個月以來，天天在陰暗多雨的籠罩下，險些兒忘了大自然裡還有個熱情的太陽。平時嫌惡太陽的烈毒無情，這會兒可要叫人珍惜不已了。我索性也起身，坐在窗沿享受大雨過後初次放晴的美妙。

陽光的笑臉，真是溫暖無比，雖然現在是在夏季，但在水災之後見到它，才能教人

寬心一些。可不是嗎？驚人的雨量造成高雄地區嚴重積水，天若不放晴，人們該怎麼去重整家園呢？那幾日狂瀉不止的雨，所造成的傷害、損失，無以計數。面對家園浸泡水中，許多人無助的望水興嘆，唯一的祈求，也只是雨過天晴。

幸而太陽又露臉了，災民才能在積水退去之後，著手整理房舍，因為有個穩固的立足點，才有挑戰人生的籌碼呀！災後重整的工作十分艱辛，除了清除殘留的淤泥之外，許多水漬器物也得丟棄。而天氣的晴雨狀況，卻是人們心中一大隱憂，如何有效的利用短暫的天晴日子恢復舊觀，是眼前最大課題。所幸，國軍弟兄本著軍民一家的胸懷，加入重整行列，從協助清理民宅，到維修公設，到清除垃圾污物，在在發揮了高度效率，所以軍愛民、民敬軍，應該不只是一個口號罷了。

去年臺灣地區降雨量稀少，旱象即頻傳；此番颱風三度侵襲寶島，隨即到處積水災情慘重。是不是我們的山林及水庫都出現了警訊？是不是我們都缺乏遠見？平時造林工作是否落實？山坡地水土保持是否做得不夠堅實？是否因為濫墾而造成土壤流失，以致縮減水庫壽命？而排水系統又是否符合實際？這些攸關自然資源的維護，以及百姓身家性命的安全，是不容許再推拖怠慢了，否則颱風四度來敲門時，恐怕災害難免了。

當然愛惜自然資源，不是政府或某個團體單方面的工作，而是全部居住在這塊土地上的人民不能推卸的責任，同時更是永久性的工作。唯有上下齊心協力，在開發時不忘維護，在享受時不忘珍惜，這片土地終有一日才有可能恢復舊日青山常在，綠水長流的景象。

所以，天晴時，可千萬別忘了雨日所帶來的苦難，可千萬別忘了呀！

——一九九四年八月二十六日台灣日報副刊——

放肆的雨

立夏之後，天氣逐漸炎熱，而空氣中也不時浮動著不穩定的氣流。尤其高雄，因在北回歸線以南，氣候上已經屬於熱帶型態，再加上濱臨海灣，因此夏季風向大多是由海面吹向陸地的西南風，所以雷陣雨便是少不了的夏日自然景觀了。

習慣聽到「午後雷陣雨」五字。最近一段日子以來，完全明白雷陣雨並非某段時間的專利，原來它是可以與一天二十四小時中任何時刻相結合。因為，連日來，總在深夜時分，被踐踏著屋簷，而發出叮咚、乒乓聲響的陣雨給擾亂睡眠。

雨，一旦放肆起來，真是讓人無可奈何！寂靜的夜裡，突然下落的雨勢，絲毫不會顧及人們的好夢，嘩啦嘩啦的直往下注，總在睡夢正酣時，將人催醒。而它也不過是點點滴滴，從天空中拋灑而下的水珠罷了！

這一擾醒夜夢，只得輾轉間勉強聽雨了。如果這是細雨兼斜風，也還詩情畫意。偏偏這一向裡，下的正是典型的雷陣雨，溫柔不足，潑辣有餘。它在夜半敲窗時，強悍態度，彷彿人們盡是理虧，活該受它批判，甚且沒有還擊餘地。雷陣雨之囂張，教人怕極了時，避之還唯恐不及呢！我總擔心它漫入屋內，所以在它急急拍窗洩忿之時，我定是要起身，將每個臥室的窗子掩上。免得狂風驟雨，趁我不留神時，強行入得屋內撒野。

自來夜裡氣溫便是比白日略低，而當陣雨落著時，又正好洗去日間殘餘的熱氣，於是空氣中便會漂浮清爽涼風。仰臥床榻，從不情不願的聽雨號啕，到漸漸凝神想雨的泣訴，這之間，多虧涼如水的夜息，將我一顆浮躁的心熨得服貼。然後還會在時緩時急的三更雨中，沉沉睡去。

在雨點吵嚷中甦醒，而後又在瀟瀟雨聲中進入夢鄉，因為清涼舒適，常常是一覺至天明。那雨，再大、再狂野，也奈何不了我了。實在是因為不再燥熱之後，心也沉靜許多，對待陣雨也就不會厭煩了。

看待事物，只要心境一轉，原本厭惡至極的事物，也能變成絕頂可愛。對那夜襲的陣雨，在看待它時，也歷經這樣的轉變。因只能夠歡愉的接納陣雨，所以倘若清晨醒來，第一眼見到的窗景，是爬滿窗扇的雨痕，和淅瀝旋律的雨聲時，也會細細傾聽半晌。絕對不會急急探視窗台的各株花卉，看看一夜風雨之後，究竟綠肥紅瘦，或者一切依舊？

其實這連綿不絕的梅雨季，早要在乍晴乍雨間熟悉了，可偏偏算不準它幾時轉晴？幾時又輕雷伴落雨？最怕是，明明陽光露了笑臉，方才要著裝外出，誰知才剛推開門，烏雲的腳步早搶先了。由亮光光的天色，突的蒙上一層陰影，晦暗的天地，也教勃勃的興致委屈的縮了頭；倘若再一猶豫，隨即被跟著烏雲而來的大雨，給澆熄了所有念頭。

也罷！既是天雨不宜外出，只好返回屋內，家中諸事也還是待忙的。但最教人厭氣的，便是才剛要著手家事時，天色突然又亮了起來，雨也戛然止住了。若不是地面仍是潮濕，倒是容易教人誤以為是個大好晴天。所有計畫安排，都在這陰晴不定的天氣中亂成一團，但任憑我氣得牙癢癢的，那雨似乎還以捉弄人們為樂事呢！可不是嗎？它可不管你衣服才剛晒上衣架，它也不在乎是上學或是放學時刻。總之，它可真是「只要是我喜歡，有什麼不可以」的代言者了。

這大半月以來，天氣總在又晴又雨中纏繞，教人心情也無法舒展開來，自然也跟著憂鬱了。雨勢忽大忽小，情緒也跟著忽上忽下，有時還不免嗟嘆一番。我到底是要佩服這夏日雷雨，好端端的壞了我心緒，也亂了我生活秩序。這會兒也不再迷信氣象預報，冀望哪天放晴了，就由著整日裡停停落落的陣雨來欺凌我吧！

——一九九四年八月五日台灣新聞報西子灣副刊——

有雨的日子

不預警的雨就來了。

雖然沒有選擇的，只能接受，但我真是喜歡。

我是喜歡下雨，沒有理由的，就是喜歡有雨的日子。

時序入秋了吧！否則飄著雨的空氣裡怎會有清涼如水的味兒？秋涼的季候真是適合落雨。

就這樣西窗下聽雨打上花葉，點點滴滴，如泣如訴。透過紗窗望向屋外，雨絲忽左忽右的飄落，寫就了難以捉摸的詩意。

這幾日清晨陪伴女兒上學的途中，天空偶而飄著細雨，柔柔綿綿的，落在頭頂綴著烏黑髮絲，一顆顆晶瑩剔透如珍珠、閃閃發亮如銀粉，好不美麗呀！這時候不宜打傘，打傘會壞了那份詩情。

有時夜裡突然一陣急雨，在鄰人鐵皮屋頂上敲出叮叮噹噹的聲響，彷彿是一群爭先恐後的小兵，頑皮得緊。不過若當它是時下的流行樂曲，也就在勉強之間轉成習慣了。更何況它也帶來了涼爽的夜風，可讓人舒舒服服的擁著被，在沉沉睡去間，還不忘吟誦著「夜來風雨聲，花落知多少」的詩句。

有了雨就有了詩意。

君不見，蔣坦與其妻秋芙就曾因秋來風雨滴瀝，而在所種的芭蕉葉上隨性題詩：「是誰多事種芭蕉，早也瀟瀟，晚也瀟瀟。」「是君心太無聊，種了芭蕉，又怨芭蕉。」

是心緒無聊？還是因為有情？雨來了，會放慢腳步細細賞雨。

或者該說自己早已融入雨景之中了吧！

——二〇〇二年九月二十四日台灣新聞報西子灣副刊——

雨日呢喃

莫名的就喜歡下雨的日子。

沒有原因，大概串串灑下的水珠，是豐富生命的甘霖吧！又或者什麼都不為，只是有著被洗滌，潔淨汙垢的通體舒暢吧！

下著雨的時候，空氣經過灑淨，出奇的清新。在舒爽中嗅著雨珠特有的清芬，心情很容易就沉穩下來。

也許只是憑窗靜靜欣賞雨景罷了！這時即便是突然而來的傾盆大雨，也能令人從鄰人的鐵皮屋頂邊，讀出狂奔而下的飛瀑趣味。

對雨有著深深的依戀，緣由何在，自己其實不甚清楚，但又有什麼需去探究的，被雨關住，也是情願。尤其依著窗櫺，啜飲新沏的熱茶，聽著雨打綠葉的聲音，難道不是都市叢林裡的一大享受嗎？或者僅僅只是飄著雨絲，兼又不聲不響的攀上髮際、衣襬，怎不令人陶醉？這情景只合雨中漫步，而且會極自然的放慢腳步，輕輕搖盪，只因雨中的心情是曼妙的呀！

尤其雨後潔淨的街道，明亮舒爽的天空，在在令人心神舒暢。朋友說清晨走在被雨水洗淨過的街道，彷彿是日本某處的清麗街景再現，她忍不住要將美的感覺與人分享。向來空氣污濁的高雄，唯有在雨日裡才能擁有短暫的清新，是該珍惜，抑或嗟嘆呢？

慣常在黑夜廢氣裡生活的人們，怕是早忘了擁有舒適清靜的生活空間是自己的權利，反而要珍愛起，來去不定的雨中世界。一個住家在山腳下的朋友，在雨日的午睡醒來，從自己的屋子往外看去，訝然發現後山經過雨水的拂塵，竟清靈的好似仙境，她於是深深陶醉在那夢幻的空靈，以致疏懶於當日下午的工作。

朋友除了自己靜享那份難得的美景外，還以電話與諸多朋友分享這生活中，從雨而來的美好經驗。她說：「雨後的山，罩上一層薄薄霧氣，美麗極了，澄淨透澈的夕陽好美喲！」

朋友在她屋裡欣賞屋後的青山，兼又沏壺好茶，難得的閒情，真是羨煞我也！然而我在巷弄中的小窩，也同樣能享有逸致，這一切只因為有了雨。

——一九九九年七月三十日台灣新聞報西子灣副刊——

天然晨唱

這一向清晨裡，天色尚是灰暗時候，慣例聽到鳥兒在窗口上，吱吱喳喳愉悅的唱著。真是美妙啊！這樣的morning call。

很久以來，人們總說都市的生活單調乏味，四處充塞污染及危機。於是也跟著有了都市生活恐慌症候群的症狀，老感覺到危機四伏，甚至到了草木皆兵的地步。

家居生活也就因為心情的無法放鬆而慘白，笑容逐漸自臉頰消失後，所有的事物也少了色彩。日子除了鬱悶，彷彿再也開啟不了任何趣味了。

後來，重新在窗口上栽植幾株花草，空氣因而隨之活潑多了。雖然小小窗口上的幾株綠，談不上綠意盎然，但是區區幾色花朵，卻已點綴幾許清新。這時方才醒悟，生活的色盤是要靠自己調色，並不能依賴來自社會大染坊的浸染。

突然有一天，意外的聽到鳥啼聲，直覺判定是自己幻聽，我想可能自己渴望逃離喧囂的心裡在作祟吧！然而那明明是清晰無比的鳥鳴。於是悄悄近身，貼著窗邊望去，果

真數隻鳥兒在我那一方小窗口聊天兒。

好不愜意哦！這清晨的唱和。

這可不是夢喲！真真實實在這工業掛帥的大都市裡，我公寓房子的窗口，就有了群鳥合奏的天然樂章。誰說一定要郊區山林，方能尋得到鳥兒芳蹤？捨近求遠的事，彷彿是人們愛作的。

其實，稍稍放慢自己的思緒，放鬆自己的心情，就能發現許多美好事物原就在我們身邊。只是平日一切向前看，忘了稍稍停下腳步，忘了環顧一下四周，方會錯失了許多可以讓自己心怡的時機。

可不是嗎？居家四周原就有許多鳥兒愛在電線桿上追逐跳躍，這也是從突然聽到鳥鳴之後，細心觀察到的。而後，我又發現鳥兒是早起的小可愛，牠們總是天未大亮就忙著為人間帶來節奏，而這勤奮不正是我們該學習的嗎？而這為人們服務的真情，你我不是也都有嗎？

——高雄縣婦幼館輔導雙月刊——

第三輯 思情

病婦吟

每屆春回時候，總會以莊重的態度等待。然後滿心愉悅，因為很快的能再有綠草如茵的舒適。大半時候，也少不了一番遐想，在熱鬧的百花爭妍中，看幾抹淡色美彩，聽幾聲吱喳鳥啼，享受一篇怡然愜意的春天故事。

「乍暖還寒時候，最難將息」似是習性，卻也無奈。春雷響過，悠悠忽忽病上一場，總難避免。

春意漸濃的三月裡，白日溫暖和煦，子夜時分卻依然涼颼。穿透帘幕飛撲上身的風，澈寒入骨，即便是緊緊擁著衾被，仍無法抵抗，那尋著細縫也要強行欺我的寒氣。

本來還盼望藉著枝椏的新綠，伸展出自己的盎然生機，好好掌握那句不變名言「一年之計在於春」。

不料，一向的謹慎裡，稍稍失神岔了氣，輕易便染上風寒，漸漸折騰成沉重不堪的虛弱。

曾經因為早春的悸動，落入又病又倦的困頓，整整一週七天裡咿咿啞啞，彷若一隻大意飲了鴆毒的失聲畫眉。心神十分清明，手爪靈活如昔，卻偏偏吐不了一絲聲息。乾澀的喉頭，彷彿一部緊緊綳住絲弦的琴箏，就連輕輕挑抹，也撥弄不出半點的琴音，更遑論清脆悅耳的樂曲。倘若強要掙脫惱人的窘境，勉強使力撮擘一番，恐怕反是招來沙啞如嗚咽之聲，委實刺耳難受。而更多的擔心是，萬一急躁大意之下扯破聲帶，可是能如叩斷箏弦一般更換即可嗎？

於是才豁然明白，欲訴不能的苦，竟是這等磨人。也就在這種難言的掙扎裡，同理到聾啞同胞以手語，急急乎表達心聲的熱切。因為所有銘感於心的喜怒哀樂，合該有個知音來分享，無論有聲無聲，口語手語。

向來即愛遠遠欣賞聾啞同胞的無聲交流，所有的情意，盡化為指間的流轉。而這極富美感的溝通，既無爭執的赤耳，也無嘶吼的可怖，有的只是他們自然生動的臉部表情。也許，人間至情至性的靈犀，便在此種無聲的談話裡。

失神落入一場瘖啞的病痛中，苦於空有一扇門，卻是閉鎖不能開。至此，才稍稍窺探到，在無聲的肢體表情裡掙扎。許多心情，盼著經過喉頭外出透氣；許多悲歡情緒，也少不得急著要衝破障礙。除了自己焦急，朋友們也是一番企待。向著山裡呼喊，應該要有回聲傳回，怎是空無？

無奈是修復工程急也不得。慶幸的是，這過程裡多虧了源源不絕的「人間溫情」這帖藥。醫藥服用中，配了溫情藥引，有效的是抗拒了病原的再擴散。誰人說，現今社會多是疏離冷漠、攀龍附鳳？也許迷亂紅塵的真偽錯置，教人怯於接受，也吝於付出。但若本著質樸純良心境待人，因為所好同道，必然多能結交善良真誠的朋友。或許平日看來平淡如水，但也因不是矯情，所以深厚堅實。人生途中，病毒解藥的至上聖品，捨朋友關懷其誰？

友人的疼惜，是痊癒的動力；而子女的體貼，則是驅除病原的先鋒，幸運如我者，擁有兩份治病藥方，當然復原就能迅速了。

另有一次春日臥病的記憶，正是由女兒舉止中，而得到另一種銘心感動。

一次晚餐後，難忍的暈眩突然纏身，緊迫盯人似的如影隨形。剎那間，天地逆轉，無所依憑。當是時，心智十分清明，行止仍有脈絡，奈何頭昏目眩，顛仆不定，連一方小小土地都無法靜靜享有。小女兒於是體貼的頻頻催促回房歇息。

當豎枕背靠牀頭，等待鬆弛動亂中的神經，盡速讓頭暈消弭於無形。不料仰首卻見滿室跑馬燈，一刻也不停的轉圈圈。人生百迴千折裡，步履當然不能停緩，但那刻，病痛的折磨，無論如何定要叫它休止。於是緊閉雙目，欲藉靜臥養神來調整不適。果然舒緩許多，而那效力正來自於，小女兒守候牀沿，不時以其細嫩的手掌，溫柔的撫平皺了的神經。接踵而至的嘔吐，將整個胃折騰得幾乎是翻轉的態勢，胃裡彷彿有著受困中的千軍萬馬，正千方百計的要衝破包圍。每一次的突圍，均不得要領，危城仍在，困厄難免。

一次嘔吐，就有來自小女兒的體貼一回。她定會遞上一杯溫熱開水，好嗽淨口中餘穢，接著以她小巧雙手，輕撫我肩背。有了這溫暖親情的懷抱，病中煩憂當然如撥雲見日般的推至遠處。偶爾故意放縱自己角色互換的錯覺，彷彿回到女兒身的歲月，享盡母親無盡的關心呵護。故意沉醉在虛幻中，其實是欣慰於女兒的體貼懂事。有時也不免想到，也許，在過去許多世裡，我們便是一再重覆著母女深緣，直到今生，仍在倫常中相見。

不藥而癒的說法，想來絕非虛假。藥石的作用，無非是去除病毒罷了！倘若有了讓心緒寧靜平穩的憑藉，在舒坦安適中休養生息，又何需假藥劑之力？

我的幸福裡，有真誠相待的朋友，有乖巧貼心的女兒，因此當在身欲奮飛病在床的時候，心中倒是十分篤定，只消數日，我便能擺脫蓬頭垢面的病容了。

——一九九八年六月三日台灣新聞報西子灣副刊——

琴之夢

喜歡聽，自琴鍵上婉轉流洩出來的美妙。

鋼琴旋律的引動我，彷彿就是本然。因此，自來便一直放任自己，沉溺在對琴聲不能自己的迷戀裡。

幼年時候，在怎樣的環境裡邂逅了鋼琴，記憶中搜尋不出任何線索。也許真是本能的喜好，或者是因為名字之中有了個琴字，所以會對琴韻神往。

小時候，學琴的心願一直很強烈，常會忘記自己的家境只是在溫飽邊緣，而癡心妄想母親會送我去學琴。五十年代裡，鋼琴算是豪華物品，而那時節，學琴的孩子也不多見，我縱然有再深的想望，又怎敢有非份的要求。因此，心願始終只是心願，偶爾伴隨著遺憾之外，倒也不至於怨天尤人。

在家境稍些好轉時，雖然已進國中就學，但是對鋼琴仍殘存一絲想望。幾次央求母親給我學琴，母親思慮之後也不加反對。而學琴費用的不低廉，也是不爭的事實，所以在外婆一句「我們又不是有錢人，學什麼鋼琴」的點醒之下，我深切的了解到，衡量自我是很重要的；過分的奢想，常會教人迷失在虛幻的夢境之中。

於是我徹底的覺悟了，彈奏鋼琴的緣恐怕本就欠缺，無法圓夢也就罷了。當一切都不可能再現曙光之後，我還有父母給我的名字，這就足以將那對鋼琴魂牽夢繫的情感，轉化成一絲絲自我慰藉的依憑了。

其實，夢只要圓了就好，至於是不是悠長美妙的夢境，事實上並不重要。在我大二的時候，學姊曾經指導我彈奏鋼琴，雖然只是一些簡單曲子，但我也練得快樂。能不能有機會長長久久練習，自此而後即不再在意。因為只要觸摸鋼琴，心裡就踏實許多，即便是沒有繼續學習，心中也不再會有悵然若失的感覺了。

絕不願承認是補償心理，才送女兒去學琴。事實上，女兒主動要求學琴的神態，還挺教我詫異的，彷彿是我的從前再來一次。也許女兒的感應裡，知道我喜愛指尖碰觸琴鍵的樂音，所以她像仙女一般，要讓我生活愜意。

比起許多媽媽，我是輕鬆多了，女兒對於練琴的態度是主動快樂，既不必我催喚，也不需我坐鎮一旁督促，顯然她是完全融入自己的興趣之中了。向來既不要求女兒的琴藝如何精純，也不以培養她達到何等階段設限，只要她能在自己的彈奏中自得其樂，往後面對人生許多挑戰壓力時，她能有一種抒發情緒，解脫自己的好方式，那麼就足夠令我欣慰了。

其實女兒彈琴缺點也有，她的鋼琴老師說：「莎莎領悟力很強，不過她總會越彈越高興，然後就控制不住自己加快拍子。她好像要用自己的方法彈，但是會讓人擔心她小小年紀，忽略了正確的方式。」

對於鋼琴的彈奏技巧與指法，我是一竅不通的，但我也真的明白女兒的缺點，常常在家中聽她練琴，總會也聽到她隨著音樂哼哼呀呀，然後越唱越高昂，曲子也就越彈越快，像是順著水流泛舟而下似的，快得教人喘不過氣來。於是也得頻頻隔牆喊著：「莎莎，慢一點。」彷彿我是岸邊觀者，為人捏了一把冷汗。女兒有時似乎真能感到自己操之過急，會緩緩減弱速度，讓一切又歸於自然和諧。但有時曲子已近末段，再也無法煞

住，只好放任到底了。

我在女兒的琴聲裡，常能感受到她快樂的情緒，更常享受到的是她純稚天真的貼心。女兒常在練琴前，跑到我跟前對我說：「媽媽，我彈琴給妳聽，妳躺著睡覺休息。」女兒習慣練琴時段，竟是午餐過後，人人飽食睏頓時刻。而她輕輕對我訴說的模樣，真像是天使撫慰身心俱疲的凡人。我真幸運，總能夠在女兒精神十足的彈奏中，抒發疲勞，有時真的在她輕快的樂曲中，小憩一番。雖然大多時候並未真正熟睡，但能靜靜聆聽，由她小巧十指流轉而出的體貼，也是幸福。

如果當人們疲乏時，隨處都能有個角落，傳送悅耳動人的琴聲，無異是給人的心靈注入一股安撫力量，當然也就能免於虛弱或者暴躁了。

在我居住的城市裡，有一家開幕剛屆週年的百貨公司，就有一份對待顧客的體貼，給人十分溫馨的陶冶性情的機會。這家公司在地下一樓中庭廣場區，擺置了一些舒適桌椅，好讓逛了已久的人們，有個停歇休息之處。更貼心的安排是，廣場一側，大約半層樓高處，有個表演區，舞台上置放一架鋼琴，經常讓人們的休憩，就在優美輕柔的鋼琴或小提琴演奏陪伴下，安詳度過。

在慣常是商業活動的場合裡，注入了一份額外的細心，並且能流洩著藝術氣息，真是教人欽佩主事者的決策與智慧。尤其是這份細心所提供的精神滋潤，更兼顧到每個樓層的消費大眾。因為中庭廣場是挑高六層樓高，只要是在演奏時段裡，每個樓層的顧客，都能憑欄欣賞聆聽。對於這樣平等的對待，真是令人心神舒爽，當然，被尊重的感覺真好。

因為這家百貨公司的善意巧思，常會令人流連再流連，珍惜每一次的心靈洗滌。也總夢想，如果每個都市的百貨公司，也都如此注重撫慰消費者的精神，那真是一人福音了。

不過，假使不能美夢成真，我只要能在家時，聽聽女兒獨特的彈奏，以及外出至特定百貨公司購物時，也同時享受音樂的陶鎔，如此便能心滿意足了。

——一九九五年二月二十四日台灣日報副刊——

也是思鄉

清晨裡的一場夢，將我帶回從前居住的城市，與麗珠又在校園裡晤面，一切依稀仍是眼前景物。奈何夢醒後，又歸於寂然，昔時舊事早是遙不可及的記憶了。

臺中，是成長的地方。自出生而小學、中學，甚至大學，乃至於就業，從不曾離開過這氣候宜人，街道整齊的城市。對這座城市，早已無可救藥的依戀著。若不是嫁雞隨雞的信念，怎麼也不願離開，寫滿我二十幾載青春的台中。

猶記得剛為新婦的那段日子，能與他廝守終身的喜悅，仍敵不過離鄉背景的愁緒。思鄉之情經常一波波的湧向心間，於是也常背著他落淚，因為怕他笑話。碰巧一日讓他撞見，雙眼蓄滿淚水的我，然而他所有的疼惜，在當時竟也無法治癒「想家」的病症。

接著有很長一段日子，總趕在週末一下班，互相攙著搭乘公路客車，在高速公路上一路奔馳，為的是回到我生長的家園。即便是只有短暫一天半的時間，我也願意忍受來回顛簸的苦楚，因為突來的鄉愁，正需要時日去平撫。

而後在港都落籍生根後，思鄉情懷雖不再激烈，但也不是湮滅，它仍舊深刻，只是潛藏在心底深處罷了！

臺中，於是成了過客式短暫停駐的地方，可它依然是教我最念念不忘的城市。就這一份對臺中的相思，最是禁不起友人的撩撥，眼看就快在友人的遊說下潰散奔竄，說不定哪日真的就告別酷熱的南台灣，重回故里了！

也許是潛意識裡對舊時故里絲毫不忘，所以今晨在夢中重溫過去的記憶。仍舊是老舊的校舍，與麗珠在F棟樓前拍照，各自仍是青春，仍然恣意笑謔，好不快活！

校園雖然狹小，但麻雀雖小，五臟俱全。值得回味再三的是，一份自然真實的溫馨。因為校地不大，系與系之間的區隔，於是不很明顯，也由此，交友也會跨越系別的門檻。

我不是飄洋過海，我也不曾攀越山嶺，也許鄉愁談不上，但思鄉情懷總是有的。尤其思念豐富我四年青春的宜園。其實與宜園是有著七個寒暑的相依（包括後來留校工作三年），那數年之中，由憨傻而真純，由消極而熱愛生命，由無知而努力向學，在在都是因為宜園裡全是女子的自在，讓易於手足無措的我，能夠適情適性的看待自己，也才不至於羞澀得僵化了一切的人際。

四季總也輪替不休，春天向來不為人間佇立，然而宜園裡卻總是散逸著春日氣息。也許是修剪整齊的七里香始終翠綠；或者是小巧校園中，經常見到熟悉臉孔的笑容，美化了每個季節，又或者因為全是女子的學校，本就青春。感染了活潑的氣息後，我會在冬日的午後，坐在A棟樓廊下階梯，曬著暖暖冬陽，看著小徑上來來往往同校的同學，都能感受到每一個步子的昂揚，每一份快樂的心情。

也許只是一方小小花圃，也能讓我與同學閒談竟日，「校雅何須大」，宜園縱使瓏了點，可也有其動人之處呀！顧訓堂邊的小小水池，是阿貞喜歡的拍照背景，我們在那片草地上也曾留下不少歡樂。隨風輕輕擺盪的柳條，大約是長年看盡可愛的少女，它似乎明白我們的心事。玫英輕盈揑柔長長枝條的倩影，倒也留住了紙上青春。

離開學校許多年後，竟然是如此深刻的魂牽夢繫，是不是亟思著回到從前的校園，再一次認真學習？從來便是滿意於自己選擇的校系，是這樣的牽念，引動我在夢裡回到過去嗎？還是正以莊嚴心情，典藏起消失的歲月與房舍？

學校仍有一波波新的生命浪潮，而且正邁向新時代里程，甚至遷至郊區山麓的校舍，也是極具嶄新的美。我也曾於去年某一日，拜訪過母校的新校區。蒼勁的山風，撩亂衣襟與髮絲，教人實在的感受到校園的遼闊，與發展的潛力。但，我最深的懷念，仍給了有如娘家的那三甲土地了。

——一九九四年十月十六日台灣日報副刊——

我終於知道

共擁繡衾以來，那牀艷紅被套已經漿洗過許多次。直到有一天，生怕搓搓洗洗間，綻裂了被面上繡得完整的花朵，然後一絲絲脫落，終會在悄無聲息中一瓣瓣凋零。

就因有了這層擔憂，所以將共擁過的溫柔永久收藏起來。而你，卻不曾留意到我的心緒。換了一牀素淨淡紫的被單，秋去冬來，擁過溫暖後，再在夏初收藏，如此反反覆覆數載，你總不曾細問，我那牀熱烈似火的新娘被呢？

是不是怎麼樣的被都無關緊要？只要能夠禦寒即可。還是你也將它凝鍊在心？只是不作言語。但，為什麼你的行為舉止，教我讀不出你深厚的情意？有時我總懊惱你的忽視。或者因為我也不曾抗議，所以你習慣順其自然？

其實你明知道，我並非虛榮造就出來的女子，可我卻在意你的遺忘。年年盼望，卻也年年失望。也許在你眼中，那也不過是一年三百六十五日中的一日，很容易就從撕去的日曆中忘記了。

當然，我也深知生日實際上是母難日，不宜在這獨特的日子裡大肆慶祝。而我所期盼的，不過是自你口中說出一兩句體己的話；哪怕僅是「祝妳生日快樂」六字而已，也會教我深深感動；再不，就算只有「生日快樂」四字也罷，總也是動人的呀！偏偏你容易將它拋閃。也許這是因為你的忙碌，或者也是你的無心吧！

到底你仍是我最親密的戀人，也是最知心的伴侶，你終於也讀出了我的心語。那天，你接兒子回來時，手中拎了個小小蛋糕，雖然只是五吋，但是從你進門後，蛋糕就在我心中膨脹成數倍，甚至到了無法估計的程度。難掩的興奮，一直跳上臉頰，浮在眉目之間，縱想將笑意暗藏一些，也都不能夠。你必也看出我的愉悅，所以你也滿臉笑容。就連兒子女兒也都興奮得手舞足蹈，彷彿是要過他們自己的生日一樣，當然也就絲毫不計較蛋糕的小巧。女兒小小年紀忒是好奇，直是湊上臉去聞著蛋糕的香氣，然而，她卻怎麼也聞不出浮盪在你我之間的心香。

不論你是怎麼去記起這個日子的，我都非常感激。最令我難忘的是，當我們全家團著桌子，準備分享甜蜜時，你插上的蠟燭，數字竟是「20」。而你，雖只是淡淡的「祝妳年年二十」的吐息，即已令我沉醉深深，感動不已。

我的快樂，不只在於你記住這個屬於我的日子，也不僅僅是你巧思安排，而是在你心裡，我也是個永遠。

原來，我並未自你眼中老去，一如收放在櫃子裡的錦花繡被，一直仍存放在你的記憶深處。其實，我應該知道，你的沉默，並非冷淡，而是你習慣將最深最真的情，置放在心田最固實的一角。

想起生命中真正的二十歲生日，平凡如尋常的日子，但你卻牢記。那已是與你相識的半年以後，但我們仍只是普普通通的朋友。在相隔遙遠的兩座城市裡，並不刻意營造慶生的舉動，但接到那一套你親自挑選的生日禮物——《詩學》，我終於知道，你嘗試表露的真誠。

所以，我珍藏生命中第一個男子送我的禮物，珍惜我們的最初，珍惜你的真心。

似乎你是甕陳年老酒，從樸拙的外觀，絲毫無法估測酒的醇厚。非得要開封後，方

隨即被陣陣酒香給薰染得飄飄然；倘若再經一番細酌，將要漸漸不勝酒力的醉了。

果真「醉過方知酒濃，愛過方知情重」。人生真實中的大小邀宴，向來滴酒不沾，因為不諳酒性。唯讀與你這場情愛的對酌，縱是只聞酒香，怕也是要醉上多時。而我，竟是無法抗拒這種宿醉，甚且盼望不要酒醒。因為醉酒的顛仆，可以肆無忌憚的泊靠你厚實的胸膛呀！

我想我的憂心是多餘的。屬於我們的每一樁記憶，其實你在心中典藏得極為珍貴，平常的不作渲染，並非遺忘。

我終於知道你待我最深最真。

——一九九四年九月十日台灣日報副刊——

遊子四帖

【之一】

那年見你，感覺是飄泊不定、浪跡天涯的遊子。對於我這慣於生活在，有完整家人的家庭中的人而言，我會去揣測你的心理。

雖然我的家庭距離美滿兩字仍遠，但，至少是個完整的家。父親假若不是酒醉，其實是溫文儒雅中帶點失意，倒是母親的叮嚀囑咐，很容易便落入煩人的嘮叨。那時，總想著，你是不是也有個吵雜的家庭，不然，你又怎會連一年兩次的長假都不返鄉呢？

不曾離家的我，想像中你所過的客居生活必然孤寂，真是不知，你如何去面對，家鄉老母那抹長長的盼？你又怎麼去慰藉，家鄉老母對你的思念？

在相識的日子裡，總也勸你要常回去，因為家才是永恆的守候。你給我的答案，永遠只有一個「會在特別的日子回去」。什麼是特別的日子？原來，春節團圓的日了，才是你心中特別的日子。那麼，其他三百六十個日子是稀鬆平常的囉！

那時，我們初相逢，我看到你臉上刻著遊子二字。在陣陣煙草迷霧之後，也讀出了你刻意掩飾的落寞。在你苦苦咬碎它時，不巧我都明白了。

【之二】

後來，雲箋紙雁裡，只固執勸你解下肩上深深的鄉思，卻不曾用心明瞭望月嘆息的你。

那時，癡心妄想雙手能撥離風城的風，莫讓它拂亂你思鄉的心緒。也總如汽笛鳴起般催促你，期盼你在破落的家園中，明白守護的美好。

但，你仍然偽裝自在的走過歲月，仍是任隨山風拂亂一身，也只是捎下一句問候，給家鄉那張以皺紋描成想望的臉。

那時，你是不是故意忘記，南台灣某個小鎮裡，不管月圓月缺，總有一雙召喚你的手？

【之三】

那時，我總不解，遊子的行囊，竟是沉重得背負不起？抑是歸途是漫漫不知盡處？每次十五過後，很快的又會月圓。當我與家人相處時，會為你心酸，究竟要到何時，你的思鄉背囊才能解下？

知悉你慘澹的成長歷程後，更盼著能夠親自解下，向來不願向旁人道出的你的悲愁。因為深鎖的濃眉，獨自嚼盡苦楚，是我最不忍見到的。

母親的呼喚，在你聽來該是蒼白的吧！因為隔山隔水。但你仍只是悄悄將思念託給十五的月，卻任自己成為臨風嗟嘆的異鄉人。

【之四】

最終，遊子也倦了漂泊的歲月。

離家的日子，雖不至於餐風露宿，但心靈上卻不是恆久的歸宿。卸下了僕僕風塵的

衣裝，你需要一個溫暖的窩巢。
那麼，這個為你佈置的家，可曾暖了你曾漂泊的心？

——一九九四年十月二十六日台灣日報副刊——

留戀過往

不曉得該向誰去抓一把？從不曾盈盈握住，就已自指縫中流逝了。時光彷彿是巫婆的掃帚似的，當他瀟瀟灑灑的飛馳而去時，也不曾傾聽人們對過往的憑弔。

朋友，你寬厚的口袋裡，可還有年少的好奇、熱勁？分一丁點給我吧！從青春裡走出來，就很難再回到那樣的世界，女孩的清純。

迎風而來的，也不再是無憂無慮，我們反而變得容易捕風捉影了。你的世界裡，該是裝進了許多東西吧！我的生活雖然平淡，也還有一些些收穫，只是我們人生行囊裡的一事一物必然是不相同的。你一路跨出的步伐，與我疊印的腳痕，怎麼樣也不再是當年跳繩時一致的步調，甚至連行走的路徑，也要相隔很遠了。

朋友，你可還記得編說童話的夜晚，圍著高腳的木板椅，你一個、我一個，不停的製造出從沒有人知道的故事。那樣的夜晚可愛極了，總是晚飯一過，就不約而同在長

長的廊下集合了。也總愛搶著先說自己的故事，深怕他人腦際浮現的故事會與自己的雷同，拉扯半天，最後還是以猜拳決定順序，才平息了彼此之間有笑的爭執，現在回想，當時真是可愛天真。

我們那時會愛極了這個遊戲，一半應該是夏夜裡屋外的空氣比屋內涼爽多了的因素吧！然而趣味裡也會有著小小的缺憾，那即是從四面八方不停偷襲的蚊子。你那時可也曾被蚊子叮咬過？故事接龍的當時，我都能忍住被叮的痛癢。只是遊戲散了之後，躺在床鋪準備就寢時，抓不完的癢，和紅腫腫的雙腿，教人有萬般的無奈。仲夏夜裡縱使有許多不識趣的蚊子，雖然也造成我們些微痛處，但仍是阻擋不了，我們齊聚屋前的一同走入故事的默契。現在為著孩子說著童話時，常會想起那段歲月，我們自己說著故事，為彼此說夢想。在編織童話之中，融進了歡笑，綴飾了我們的成長。

老友，你留戀逝去的光陰嗎？你可曾在你的思緒中捕捉一點點兒時趣味？我除了偶爾會想起之外，再也無法為那幅記憶中的畫添上一筆了。

——一九九四年九月二十二日台灣日報副刊——

往日崎嶇還記否

老友，也許你早已忘了往內城的路徑。也許，對你，往事早已煙消雲散。

一九七五年已是久遠的年代了，想再抓住那日的愉悅，那幕殷紅的晚景，點點滴滴你的話語，卻已歷經許多花開花謝，季節不再了。

去內城，是在慶祝著雙十的日子裏。十月的天氣仍是晴朗，艷陽不留情的投射在每一張笑臉上，陽光讚頌的正是一曲年輕的歌。只有年輕時候，才會願意頂著烈日，拋棄城市的喧囂，去尋鄉間有淙淙流水的清泉，因為那時我們深信夏日也是溫柔的。

走在凹凸不平的碎石子路上，大家的步履竟不曾凝重，仍然輕盈如燕，恰似一隻隻稍稍能張舉雙翅的乳燕，興奮的要飛翔一般。因為一心想著去看瀑布，那裏顧得了飛揚的塵土，和頸背的汗水。那天同行隊友中有人攜了錄音機隨行，一路上不停地放送著輕快動人的旋律，我們的步伐因而更輕鬆愉快。有著音樂陪伴的路程，是雀躍的，是活潑的。不過，不短的路程，又頂著當空的烈日，著實也會令人汗流浹背的。雖然向著目標，我們能忍一切考驗，但若是能稍做歇息然後前進，應會更有效率。

正是如此想著的那時，遠遠便見到小石路旁有家野店，建築雖是簡陋，但在郊野之中正是合宜。等到走進一看，其間的擺設也是簡單的，除了一架刨冰機外，只有屋簷下的長桌與長板凳。我們於是點了刨冰，有些同伴們的刨冰送到手時，竟已沒了糖水可淋。不過經過個把鐘頭豔陽的洗禮後，能捧碗碎冰，也夠令人喜孜孜的用那最原始、最真純的涼去解一身的渴，意想不到的是那滋味，竟是甘甜得叫人至今仍會回味。

也在那時第一次發現不加糖的冰其實更可口，也是第一次與一群人瘋狂的抓著冰。非常快意的時光，在那純樸的鄉間，迷人的小石路旁，粗簡的野店前。今日夜深忽夢少年事，方才恍然大悟，那年的青春竟已是若干歲月的記憶了。而午夜夢迴之際竟無妝淚，有的只是銘心的懷念。其實是該要垂淚的，為那匆匆逝去的年少，為我生命中的第一次野遊。

享受過清涼之後，整隊人馬精神大振。你們一群遙遙領先的走在前頭，彷彿一場人生競賽，直是要搶先得勝。我是慣於殿後，有時冷眼旁觀眾生相，也自有一番樂趣。其實走在最後，不必與人對話，可以靜心瀏覽山色風光，十分愜意自在。

那時要走到小路盡頭還需穿過一座水果林，到底是那種水果，此刻心底全然浮印不出，或許那時已經採收完，所以不曾見到吧！出了那片果園，便是瀑布下游所在，遠遠望去，瀑布像是高高攀附在山石之間銀白的絲絨，在陽光的照射下閃著耀眼的亮光，甚至連奔瀉而下的山泉也是驕傲的散著閃光。

對於瀑布，我們雖是觸摸不得，不過能夠側耳傾聽山泉奔騰飛躍，撞擊壁石的聲音，還可以踏著幾處清淺的水渦，對我這初次膜拜瀑布的人而言，足夠興奮許久了。而在那山巔水湄，你為許多同伴拍下恆久的紀錄，我不擅長在鏡頭前擺姿，所以我的記憶是劃記在心版，將每個片段收入心間，比起他人所擁有的更是珍貴恆久。

不知是經驗不足，還是野外烤肉總是那般原始，雞是在半燻半烤中就已被漸次分解了。在眾人啃著有焦黑也有滲著血絲的肉時，才發現忘了煮湯。等到個子矮小的領隊找出預先準備的雞蛋時，袋子裏已成了一灘爛蛋糊，我們的蛋花湯也就在大夥們夾雜汗水淚水的笑聲中飛了。

當然野外活動總也會有遊戲，究竟玩些什麼，我也不太明白。只見有人在你手腕上繫上繩子，繩子的那頭卻又繫在另一人手腕，然後一陣纏繞，而圍在四周的隊友正七嘴八舌嚷著。遊戲似乎是生動的、誘人的，我在一旁看著也感覺到青春真是快樂，但是奇怪的是，當時怎麼會不想加入遊戲的行列呢？現在回想，大概那個年紀裏有的全是羞澀吧！

你可還記得？結束一日野宴之後，踏上歸途那一刻，已是夕陽染紅天際。滿天的紅霞仍舊泛著金光，那時沉醉在四人並肩共踏一地落日黃昏的美妙中，雖無言語，但卻溫柔。而陣陣涼爽的晚風襲來，彷彿是慰勞我們奔波一日的獎賞，清風舒舒爽爽的伴著我們愉悅的腳步，踏在鄉間的小路上。

走出水果林，路過小石路上的野店時，我不禁多看兩眼，那時只是喜歡它的樸實無華，不意它真的直直走入了我的記憶深處。許多年來，我不曾再有機會去拜訪它，去走鄉間小路，去坐那長板凳，吃著沒有任何添加物的碎冰。

我們在小石路口的小小站牌下等候著客運時，夜幕無聲無息輕輕的垂下。灰暗中，一間間磚屋的頂上裊繞著炊煙，白茫茫的煙霧在灰黑的山城裏追逐幻化，好不迷人！如今想來，彷彿是畫冊中才有的景色，其實那年我們經歷過，我們就在畫裡，在山水中。

十八年前的畫，現在來看，色調仍然鮮明，一如剛剛著色，真是令人驚訝！只是此景只宜畫中有，歷經種種建設，恐怕內城已非舊時樣，碎石小路，簡陋小店，無糖碎冰，早已幻化煙塵了。你可曾攜著兒女去探訪內城的自然可愛？可曾讓兒女走入自己的畫裏？

仍是記得那時往返內城須在南投轉車。回程在南投車站候車時，已是滿天星光。第一次在月兒高掛時分，我仍是在外逗留，其實那時心情已是著急的，卻也有些留連，因為那個皎潔的月，輕柔的夜。

當一群人一字排開坐在車站外的花臺上時，人生、信仰紛紛入了話題。在後來的交往中，仍是這樣的執著，風花雪月全然進不了門，淡淡如水的君子之交最是難得。年少時純得無色無味的人際，叫人懷念深深。現今紛擾人事，應對之間常令人手足無措，不知何去何從，想起往日，倒會讓人格外珍惜舊時情誼。

但是我們各有各的人生方向，當我們各自努力向著目標航行時，竟是越行相隔越遠。回首一望，盡是漫漫煙塵。而舊時投影的波心，是否有著如昔的恬適？朋友，來歲花開時，將會相逢何處？

——一九九四年十一月二十九日台灣日報副刊——

不想她，也難

好似連接著母子身軀的那條臍帶，雖然早已收藏在紅包袋中，雖然再也無法依賴它輸送養分。但血濃於水的情感，是無法稀釋的。

台中，就如母親的容顏一般，有時似乎是沈到心底深處了，但一思想起她時，又立時鮮活清晰。

母親的一怒一笑，常牽動著子女的行為舉止，由此而教育出至情至性，知所長進的個體。台中，何嘗不是這樣孕育著她的子民，一街一川，皆涵養著生活其中者的斯文氣質、厚實個性。文化城，果然不能浪得虛名。

結婚之前，不曾離開台中，離開家，即使是就讀大學以及就業，都選擇在她溫暖的懷抱。因為早已習慣了她的氣息，不願輕易讓其他來替代。從柳川到綠川，不同的風情，給予著不同的遐想。棋盤式的街道，警醒著人們好生下著人生的棋。左行右探，不論走兵跑卒，是將是帥，皆要在棋盤中展現能力。又何須耿耿於自己只是芸芸眾生中，那不起眼的兵卒。

可不是嗎?蜜豆冰區區一碗冰品,幾色甜食配料就著碎冰,也能成就了一種名氣。誰人不知,誰人不曉,第一市場內代表台中飲食的特色。是台中歸人也好,是外地過客也罷,怎能捨棄藉由蜜豆冰品味台中的甘醇!啊!只要在台中,誰不想來一回沁涼入心的記憶?

婚後,落籍他鄉,回台中也就成了蘸醬油般的匆忙。雖只是淡淡抹一把醬油,但含蘊佐料的美味,正是這一丁點間逐漸擴散後方能嚐出。

有多久不曾在公車站牌下候車?有多久不曾和友人約定在義美餅店前相見?又有多久不曾在站前的書店流連?記憶一旦放映出來,總要一部續著一部的演著,好似當年愛戀時,從豪華戲院轉入聯美戲院,再在台中地標——台中公園裡,分享著生活種種。

雖然,我已不再是當年的我,台中,也有了極大的改變。但這處我生、我長、我戀、我憶的地方,叫我不想她,真是難呀!

——高雄縣婦幼館輔導雙月刊——

飛鴻雪泥

「人生到處知何似，應似飛鴻踏雪泥。」

小鳥，如果我們的意念能夠相通的話，你必會詫異我對你做這樣的稱呼。

打小開始就不作興喚你的綽號，只覺得如此一個幼稚的名稱，與你的斯文俊秀是不相配的。但你的同學說你音色細膩，有如鳥兒開嗓歌唱一般，於是給你起了這個綽號。你不慍不火的好個性，都由著他們隨意呼喊。他們喊著你時，常夾帶作弄，也許憋聲憋氣後才突然吐出「小鳥」兩字，也許呼天搶地「小鳥、小鳥」的鬼吼鬼叫的，你總淡淡一抹微笑略過，至多是無可奈何的跺跺腳，反倒是旁的人為你氣得牙癢癢的。

童年歲月是沒得閒的，一放學先把功課做完，就忙著起勁的玩耍。常是玩到不知天黑，不知該回家吃晚餐。天有多高、地有多厚、星星有多少，總在我們一邊遊戲一邊討論中保持一慣的沉默。我們常玩躲貓貓的遊戲，大伙兒總欺負你的隨和，一句句「你當

貓」的無理要求出口，你竟也如天地星辰一樣靜默接受。現在想著，真為你那紳士風度感佩！

你的溫文儒雅在那樣的年紀裡並不顯得超齡，反而有著濃濃中國男子的氣度。奇怪吧！十歲時候的我，從稚嫩眼睛望去的你，就已幫同一般年齡的你套上了長袍，裝扮上書生的氣息。那時我怎知你國中、高中，甚至大學會學些什麼，會做怎樣的改變？如今想來，倒覺自己的可笑了！

遺憾的是，從來不曾有機會看你真實穿上長衫，不曾有機會見識成長後的書生。你還來不及將這世界好好研究一番，甚至才剛自過關斬將的聯考中勝出，另一腳還未踏進大學校園，上天就急急將你昭回。這叫人多麼的不忍、不捨！

年輕的時候會想著，老天何其不公？怎麼好人不長命呢？親朋聊起時，多的是憐惜嘆息！許多年過去之後，從另一角度看去，立時豁然開朗。像你如此真性率直的人，若身處今日詭譎多變的世代，豈不苦了你？

而今只要憶起往事，全數是你小時的模樣，笑著時兩眼一瞇，兩頰就鼓得像紅紅的小氣球；被捉弄時一臉莫名其妙，兩頰膨脹成更紅更高的紅龜粿，然後飄出尖細的聲音「怎麼了？」

在我居住的環境裡，周遭鄰人有人養著會輕快啼唱的鳥兒，情不自禁的便又想起，你這位已經無緣再見的兒時玩伴！

——二〇〇四年八月二十七日台灣新聞報西子灣副刊——

遇上花式咖啡

我原是不喝咖啡的，因為自以為是幸福甜蜜的小女人，何需藉咖啡的苦味排遣生活呢？

當婚姻裡乍現晴天霹靂時，只一逕的往牛角尖上鑽，苦得自己好似無糖無奶精的黑咖啡，生活一片黑壓壓，心裡滿載苦澀澀。

直到遇上了一個朋友，引領我在人來人往的站前啜飲咖啡，我才在攪動拿鐵上層的鮮奶油時，發現花式咖啡的美；也在啜飲拿鐵時，感覺咖啡的香醇。於是人聲鼎沸的街市裡我看到生命力，也深深相信，我可以有美好的明天。

從此，只要遇到挫折，或是生活裡有些許不如意，便會邀請女兒去咖啡館品嚐咖啡。習慣點一杯拿鐵，讓自己在攪拌中，再次回味朋友說過鼓勵的話語；在緩緩啜飲中，深深感受朋友支持的甜蜜。這也才發現女兒的童言童語，以及天真無邪的笑容，是花式咖啡之外的另一種甜蜜。

人家說懂得咖啡的行家，都是選擇品嚐純且醇的原味咖啡。我明白自己偏好拿鐵是因為感激朋友的支持，以及我所擁有孩子的清純可愛。

美的情愫可以像攪拌拿鐵一般，隨著小茶匙慢慢晃動成一層層漸次分明的漩渦，彷彿一個個虛無飄渺的美麗幻境，滿足我這個外行人的癡傻。

——二〇〇四年九月七日台灣新聞報西子灣副刊——

第四輯 遊蹤

山戀

朋友問我，山林與海邊，哪一處是我較為喜愛的居所選擇。這個答案，不必思索，當然是山。海的遼闊，固然是吸引人的，但是海的深邃，卻也令人畏於徜徉其中。自來對於山，便有一份虔誠的景仰，蒼勁峻峭的山，無論大小，對我而言皆是望之彌高。在「仁者樂山，智者樂水」中，我可能是沒有高智慧的人，所以得自海的啟示，顯得薄弱了些；但我萬萬也不敢自詡是個仁者，只不過較是喜愛行在山中的樂趣罷了！

我向來就不活潑，與山的接觸，其實也是不多，但忘情的程度，又似乎是曾經與山有過相依相伴的盟誓。

一旦有了山盟，就是一生一世也會戀著它了。

也許是緣起高中時候吧！那時候，每日一早公路局車子駛入中興新村後，環繞其後，雖是低矮，但卻青翠極富生命力的虎山，在東昇的旭日之中，頻頻向我召喚，奮發向上的鬥志，也才一點一低匯集在心底。

山，給予我的鼓舞，雖是沉靜不發一語，但卻是巨大無比的。

唯一完整爬完一座山，是在大學時代。憨傻瑟縮的新鮮人，與市郊某校紡織系同學同樂的活動。那次爬的是多數人心中嚮往的——火炎山。

康樂在班上宣佈，尚在統計參加人數階段，我即已為那看似熾熱的山名迷惑了。雖然也曾由姊姊口中知悉，關於那座山的雄偉，但凡事如果不親身經歷，又如何能知其中滋味！

是初秋豔麗的晴天，搭乘火車北上，火車上一行人或說或唱或笑，好不青春快樂！車抵三義後，還有一段步行路程。當時我們沿著大安溪的河堤行進，稍稍乾涸的河牀，在烈日曝曬下，寂寞無助的向我們揮手，似乎是盼著有人給它些許關懷似的。於是有人自河堤奔向砂石暴露的溪底，忘我的手舞足蹈，絲毫不管高掛空中火熱太陽的怒容。像我這樣內拙，不慣於立於人前的人，也正樂得暫時在堤岸上休息，並且可以側看青春，讚美他人。

行過河堤，再由南岸跨過北岸，火炎山就在公路旁側，仰望山頭裸露紅土的山脊，彷彿陡峭的絕壁斷崖，霎時有點驚心，同行伙伴中有人讚嘆巧奪天工的大地傑作，嘖嘖稱奇聲此起彼落。僅僅是山底欣賞，當然不是爬山的目的，攀登奇險的山巔，才是展現活力、自我挑戰的重點。暮氣沉沉的我，也是要振作精神，隨著同學們去克服自己的畏怯。

陡滑的山路，並不好走，我總會殿後。然而看著飽含朝氣的朋友們，揮汗解渴之後，立即興致高昂的邁步前進，我怎敢放縱自身的腰痠腿疼，無論如何也要跟進呀！

越接近山頂，越是肯定自己的堅持。一旦立於山脈的最高點，居高臨下的快意，俯瞰大地的喜悅，是一路攀登之後的回饋。尤其山風襲來，無比舒爽，彷彿是火炎山對我們的無言犒賞。而這一切正足以激發起自己向來極是缺乏的信心。在那次登山活動中，我學習到，有什麼比堅定信心更為重要！

其後數年，我所參加的郊遊活動寥寥可數，又因母親管束嚴格，對於夜宿活動，如露營等，一律摒棄。平靜的大學生涯，雖然可以專心學業，但無法點綴成多采多姿，也不無遺憾，尤其同學們熱中的「溪阿縱走」、「東阿縱走」、「瑞里梅山行」，在在都吸引著我，而我只能在同學眉飛色舞的口述中，遐想一份置身山林的愉悅。

許多年後，登臨一座山，是去探訪山裡靜修的師父。午後自高雄出發，到得豐原大約五時半，初春天氣乍暖還寒陰晴不定，原是晴朗天氣，瞬間就來滂沱大雨，還真教人有點兒失措了。

大雨不歇，天色一分暗過一分裡，我們一行人是驅車上山，山路多石兼又曲折，因而一路顛簸。又因陣雨落著，所以地表泥濘，深恐車輪打滑，駕車的師兄於是全神貫注小心翼翼，車內同道默契十足的唱誦著佛號，祈求夜探鞍馬山，一切平順。

山路之難行，不論徒步駕車，均是相同。尤其夜晚的山間，四壁漆黑，再加上處處蟲鳴的天然樂章，如果沒有高度信心，單憑微弱的車燈，又怎能突破種種險惡地形的考驗！而又怎能消弭心中幻化的莫名恐懼？

目的地「燈心崛」靜靜隱身在山脈內裡，一路彎彎繞繞，沒有徬徨，沒有猶豫，夜行再久，終也是會到達的。暗夜的燈心崛沉穩靜默，給了我實實在在的信賴，為人處事也是需要如此的厚重不多言語吧！「燈心崛」，好一盞心中明燈，雖然處於四周寂靜幽深的山區，但心中卻有點點燈火，逐漸在增強亮度呢！

當夜借宿山主人奉獻土地，師父親手搭建的簡式寮房，男眾一處，女眾一處，條理井然。夜裡風狂雨驟，呼呼怒吼的風搖撼得門板嘎嘎作響。狂奔而來的雨勢，在黑暗中又多加了幾分囂張，甚至還由門板下方的隙縫漫入屋內。我們以睡袋打地鋪的簡便休息方式，在上天的眼裡，恐怕仍是奢華了些，所以要以這樣方式挫挫平時養成的嬌氣。在人煙罕至的山裡，在風雨交加的夜晚，能夠不緊張畏懼，能夠沒有輾轉反側，能夠安然如眠，恐怕不是人人皆能。修行，是多麼需要呀！

次日甦醒時，已是清晨五時多。天色乍亮中見到的山巒，因為經過一夜大雨滂沱的洗滌，更是青翠，空氣清新得令人忍不住要深深吸足。挹注一盆山泉漱洗，冷冽的泉水教心神頓時清明許多。山中的生活，果然處處都是契機。

我雖愛山居的省悟，但因此身已在紅塵中，除了偶爾回歸山林，清醒一下為塵俗蒙蔽的心神之外，也只得任此身仍在明滅不定的城市裡作子女的守護了。

如果沒有地殼大變動，青山必然能恆長堅挺聳立。而我，隨著歲月老去，體力將逐漸虛弱，我又將如何去親近山岳？我如何能與青山常在？看來是注定只能在心中存有對山的景仰，而無法真正融入山脈的氣色了！

——一九九四年十一月十四日台灣日報副刊——

水之戀

暑假尚未來臨時，一聽說環保媽媽服務隊於暑期中將有一趟山水行，說什麼也要將工作暫停，挪出時間跟隨環保媽媽服務隊做一趟觀山觀水的心靈環保。

尤其行程中冬山河一站，早就神往多時了，一直想一睹冬山河整治後的面貌，終於有機會窺探到它多姿的風情。

「我家門前有小河」是幼時生活的真實寫照，面寬不滿一公尺的小水流，隨時都可以浸足嬉戲，或是彎身把玩水底石頭，因為水色青青、清澈見底。水是生活中的一部份，父母長輩們當然視兒童戲水為自然，多數是不會禁止的。

不知從什麼時候開始，小河逐漸自生活中消失。有的被填平作為他用，有的蓄滿垃圾成了臭水溝。而貫穿整座城市的大河，卻也污濁不堪，再也沒有魚兒水中游，以及臨流垂釣的詩情畫意了。我們的孩子對河水的認知，因此薄弱到只能遠眺，不能近觀，更遑論是與水相親了。

所以這趟路程中，一直盼著塵封許久的童年記憶盡快流洩眼前。既定的行程，終於要去叩響它的門扉。七月六日午後，高照的豔陽彷彿是為我們迢迢千里而來，所投射的熱情歡迎。解說先生的語音不時飄向空中，內容是什麼，早就教雀躍的心緒給淹沒了。

孩子們一聽到有涉水區、親水區，一個個童稚的心跳躍下已。向來在自家浴室也能玩得其融融的兒女，一見到寬廣的親水公園，早把我的叮嚀拋在腦後，急急忙忙要一親水澤。女兒畢竟幼小，只是提著褲管來來回回在水道中走著，就能笑得合不攏嘴。她還不時用力踩起水花，濺得自己一臉一身，似乎不這樣逗弄自己，就不叫玩水。兒子看到戲水區游泳的角落，執拗著要下水，也只好任由他著內褲投入池水的懷抱了。我也踩著水波來回兩趟，然後坐在池畔，看著隊上大大小小玩得不亦樂乎，真的感受到冬山河的河水泱泱，給人無盡深緣。

宜蘭，只是這次旅遊的客居之處，冬山河就算再有深深親切呼喚，我們也只能偶留痕印罷了。不是我們居住之處，終究要向它告別的。依依不捨中，孩子們的臉上都寫著「意猶未盡」，什麼時候我們再來呢？

——環保媽媽服務隊第17期隊訊——

鹿港行

雖然拜訪鹿港小鎮，是安排在環保之旅的最後一天。但在暖暖冬陽裡，兩天知性洗禮之後，才緩緩呈現出來的感性呼應，真可說是好酒沈甕底。

鹿港，這一座仍然保留豐富文化遺產的小城，無可避免的也在時代更迭中，向瞬息巨變的歲月抗衡。固然濃郁的民俗文化氣息，依舊處處散發著，然而曾經萬家燈火，風帆爭揚的繁華時期不復再見，才是歷史演進的無奈！這一頁近似日落的滄桑，雖不免教人感嘆鹿港的式微，卻也因此而更教人緬懷小城曾有的璀璨。

「莫更繁華談二鹿，危樓斜對夕陽殘。」

以這樣近乎憑弔的心情拜訪鹿港，方能專心一意的，將屬於鹿港的一景一物，一院落一樓閣，完全收藏入眼底。

步上鹿港街市後，第一站是鹿港三大古蹟之一的「天后宮」，由宮前廣場向裡看，

龍柱、石鼓、壁畫，無一不是刻畫精微的藝術佳構。在富麗堂皇的建築中，穿梭著絡繹不絕的香客，足可見天后宮受善男信女擁護的盛況了。而由廣場向外望，則是熱鬧的市街，一家家賣著蚵仔小吃的商名，看著看著，竟也會發饞呢！後來因為沿著中山路走去，未再繞回天后宮，因而無緣品嚐一番。

在解說員的引領下，一行人遊街似的逛過鎮上的繁華處，轉個彎，很快的便進入古樸的世界。瑤林街、半邊井、十宜樓、隘門，在在散放著典雅書香味。雖然這些街景有些破損頹殘，然而因其能發思古之幽情，及揣想舊時文化，所以反是能引人佇足。同行伙伴多有徘徊流連之態，也有人對那特殊建築風格，連連稱讚，並仔細觀賞不已。

緊接是走訪鹿港三大古蹟的另一處，同時也是台灣三大古剎之一的「龍山寺」。據說，「龍山寺」是台灣保存最完整的古代寺廟，所幸我們也一睹它巍峨宏大的建築，才不致有遺珠之憾。龍山寺由於年代久遠，從風雨侵蝕的的簷壁中，多少感受到它的古老神聖。走得腿痠時，樹蔭下乘涼歇息，但覺涼風習習，連浮動的心也給吹拂成平靜。

走馬看花的繞了一圈名聞遐邇的古老街景，也算得上是一趟簡易版的鹿港行，心情於是愉悅得很。在迂迴狹長的紅磚步道上走著時，恍惚中還有時空錯置的感覺。我們可是曾經在此處遊走庭台，琴棋詩酒的子民？

懷著複雜的心情，步行至鹿港的百年老店「玉珍齋」，買了特產牛奶糕，蘿蔔糕等，一來慰藉即將告別鹿港的惆悵，二來是返回高雄後，可有個懷想鹿港的媒介。

午後，車子緩緩滑離鹿港街道，不捨中暗自約定，將會再來領受鹿港舊日光華。

——環保媽媽服務隊第十九期隊訊——

武陵探春深

旅遊一途，不論所要尋訪的是山巔，是水湄，都不宜踽踽獨行。倘若孤獨的登山戲水，那麼，水色山光恐將會平添寂寞新色。於是當聽說環保媽媽服務隊，將於七月初舉辦雪霸之旅、武陵探春的活動，說什麼也要參加。

其實，另一因素是十八年前曾經一遊武陵，記憶十分美好。當年，曾隨手以明信片為畫紙、手執鉛筆輕輕描繪線條。仔細端詳之後，才發現落筆之後，竟是幾座山頭，一條綿延彎曲的山徑，其間還有振翅欲飛的鳥兒。其實心中一直嚮往的，也就是這一份自然的丘壑之美罷了！

將向山中行，在盛夏裡尋找春深消息的決定，讓心情快意不少。除了欣喜之外，似乎又有些許無法盡訴的肅穆，如同將要朝拜聖地一般，亦是歡喜，亦是莊重。

出發當天是個艷陽高照、晴空萬里的好天氣，清爽宜人的天氣，正似含笑的大地，親切的向我們召喚，示意我們快快投入它的懷抱。其實，我們也迫不及待的要親近蒼勁的山林，靜聽山風的低語。

車過東勢，已漸漸嗅出屬於小鎮純樸的風味，眼前窄長的道路，兩側低矮的磚屋，教人不由得自心底漾起親切的感覺，依稀是兒時的家居情景嘛！曾經，都市之中也有這樣的悠閒，但曾幾何時，竟被經濟發展的匆忙混亂取代了！

美麗，其實是可以單純的；而單純，也正是一種毫無雜色的自然美。有幸置身在單純的美麗之中，果真是色不迷人人自迷，並且早已陶醉深深了。在蜿蜒曲折的公路上顛簸盤旋，忍不住為層層疊疊的群山，將目光流連再流連。但教人心疼的是，連綿不斷的青山中，總有幾處墾伐成栽種水果的林區，此舉固然是提供了營養價值頗高的水果，但什麼時候能夠還給巍巍高山原來的面貌呢？透過車窗望著濛濛雨中的山巒，心底也正浮起絲絲悵惘，青山的憂傷，我們該如何去撫平呢？

雖然路途中有雨，也曾遇上坍方落石，但終也能一路順暢到達，不由得心中存有感激。倘若當年沒有那群默默開山鑿路的前人，我們哪能有這趟舒適的武陵遊。人，很容易坐享其成，也容易忽略自己可以有所付出。我想我既無能為這片土地盡些建設的力量，那麼，至少我可以做到不汙染它、不破壞它吧！

如果，人人都能有一顆不忍傷它的心，那麼青山長在、綠水長流，就不是不能圓的夢了。

因為是山區，夜於是來得快。山中的夜靜謐安詳，即便是持手電筒夜遊時，我們一群人窸窸窣窣的談話聲，仍奈何不了山間寧靜的夜。這寂寂大地的天然樂章，是真純天籟，怎是身陷迷亂紅塵之人輕易就聽得到呢？而山裡的夜，沁涼如水，彷彿早春帶寒的空氣，極容易就凍了鼻頭，教人不禁要問，春天可是躲在深山裡來了？

登山探水源是第二天的主戲，我一直在想瀑布的名稱，當年的煙聲瀑布，而今的桃山瀑布。記得在民歌「拜訪春天」一曲中，有句歌詞是這樣的「……你飛散髮成春天，我們就走進意象深深的詩篇……」走在往瀑布的山徑中，果然是詩意極濃的春意。越向深處行，涼意越厚重，也許春天的消息，真該在此處打探。行進間，偶而抬頭，只見山嵐在樹梢糾結，好似頑皮小娃兒飄來閃去，動作俐落極了！先生難得童興大發，對著林子裡吱吱喳喳的鳥兒吹起鳥語，這山呼去，那山送回，人鳥並啼，煞是有趣。

接近小徑盡頭時，遠眺即可望見瀑布，從山頂奔流而下，恰似飛泉。還未走到瀑布邊，即可漸漸感受到它的清涼，整個心境也清明許多。或許久居此地後，就不必再費心拂拭沾滿塵埃的心了！

我非武陵人，但七家灣溪流域對我而言，正是一處世外桃源，看魚游蝶舞，看綠樹白雲，真會渾然不知歸去。

也許春天的感覺只合山裡尋，那麼，此番借道武陵探訪春天的記憶，何時能再重現？

——環保媽媽服務隊第23期隊訊——

愛戀淡水

有沒有一條軌道，可以在心裡悠遊來去淡水？

有沒有一種車種，能夠由燠熱的南台灣，直達有涼風習習的淡水？

淡水，原只是認知裡的一個地名，僅僅只是教科書裡翻閱而過的地名而已。可卻在心裡鐫成一座永恆之城，直是要向它朝聖而去，只因她那淡淡如水的名。無論是現下名稱淡水，或是三四百年前原住民時代的滬尾，或是平埔族的蕃婆林，甚或清領時期的油車口、雲廣坑、蕃薯寮，都是錦緞上繡成的禽鳥，拍翅撲飛了無數輝煌。

年紀猶是童稚的年代裡，書頁上乍見紅毛城三字，闔眼便是那遙遠的十七世紀，紅髮藍眼的西班牙人，甚至由府城向北推進的荷蘭人。小小心門裡，擔憂著初民如何與外來異族共存？而那族群自然融合的脈動，豈是我小小肩膀所能承載？我是不是太庸人自擾了！時代不停更迭，天地仍是無以量測的遼闊，各個時期的人們，各有其安身立命之

法，也各有其共生共榮的願景。

書頁裡的淡水，一經翻閱，輕易便躍進眼眸。可真實的淡水小鎮，是在遙遠的海角天涯，是在翻山越嶺之後，很遠很遠的紅毛城。幼小的心靈裡，不知道那樣的小鎮有些什麼？不知道那兒有什麼風光？唯一擁有的概念，是從老歌手渾厚低沉的歌聲裡，流洩出含帶詩意的淡水暮色，從那輕快動人的旋律中，感染男女老幼關於漁船返航的等待。於是，在歌聲裡想望「水面染五彩」的美妙，聆聽「教堂鐘聲」的莊嚴，甚至也好似真的體會了「海風陣陣寒」的涼颼呢！

淡水，是怎樣的一條溪流？怎樣的一個城鎮？只因為河流水聲，景色就能變化，這是何等神奇？於是有了各種浪漫的遐思。

所有的想像妥貼的安放心裡，如同典藏一份珍寶。典藏不曾拜訪的城鎮——淡水，在少年的我是一項重要功課。聽人說起淡水時，心裡悸動如同近鄉情怯，可我並非滬尾人。此時，書冊中若再有淡水二字跳入眼簾，便是心中暗暗描摩一座織錦的小城。曾經極有可能負笈淡水，去那山坡上的學校生活四年，但因其他經濟考量而做了改變，淡水因此離我仍然遙遠。

是自己讓她從身邊錯過，在十八那年的桂子飄香時。

桂子年年飄香，青春卻無法年年常伴。我在歲月的腳步下，痴長年齡，淡水則依然夢幻。

那時，鐵路仍然行駛在台北淡水之間。我生在中部，長在中部，卻始終不曾向北而去，去探尋夢中的淡水。淡水這座近海小鎮，依舊只能鑲嵌在我心版，牢牢實實。即使是喜愛哼唱「橄欖樹」的友人，在信箋裡描繪淡水雲影，淡江花開滿園。我，依然不曾揹起行囊，乘著列車由南而北的，走入淡水暮色裡，在青春飛揚、陷溺愛戀的年代。

於是，只能由著朋友細說，拾級而上便是好漢，汗水淋漓後練就了健康的身體。而緩步河堤邊，海風吹來是熱情的環抱，有時突然抱你滿懷，有時還讓人不由自主的隨之婆娑起舞呢！

聽說那時節淡水河能擺渡。擺渡人手撐長篙嗎？在天空翻魚肚時？或豔陽高掛頂上時？又或是水天各自染色的黃昏裡？會不會是披上夜的黑衣後，仍有搖櫓的擺渡人？過

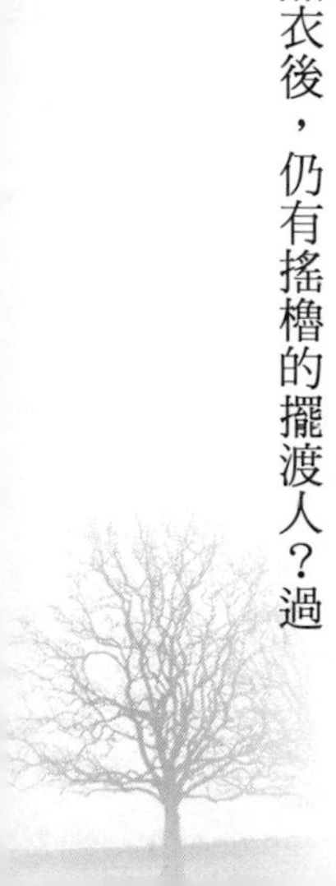

渡者又將請擺渡人搖向何處？對岸？或是哪一處山腳？如果緣溪行，會不會有夾岸的桃花林？會不會落英繽紛？會不會……？一經想像，全數是美景，意象裡我已是渡船座中人了！

後來，淡水線的列車宣告即將停駛，許多人為了見證它曾有的風華，趕著去搭乘最後的列車。我仍舊沒在最後那刻，在台北淡水間的鐵軌上奔跑。所有關於淡水的種種，仍然是從電視和報紙跳進眼底，再收藏心底。

淡水仍是夢中仙境。這樣的夢，直到年過三十五，才尋了機會去圓它。終於立在岸邊，任昏暗的幕帳撒在身上，如同穿上一襲薄紗黑衣；任陣陣拂面海風揚亂髮絲，好似為我重整一款新髮式。那時，我與她密合貼近，卻是夢寐以求多年後，在兩個十八的年紀時，才實現了幼年的夢。

彼時鐵軌已不再震出「轟隆、轟隆」聲響，因捷運如火如荼的趕建著。夜宿的旅店，正巧在捷運淡水站的對街。那夜，透過旅店窗帘頻頻凝望，淡水站典雅莊重如城堡，而在那城門之後，彷彿即刻可見舒適便捷的列車，輕快的來去。轉身告訴年幼的孩子，以後我們常來吧！而且一定要搭捷運，是淡水線喔！我看見，女兒圓睜的杏眼裡，有個夢，一如我自小便典藏著的那個夢，飄飄渺渺、朦朦朧朧，浮印在晶亮的眼眸裡。

那次，如果不是朋友極力邀約，以著讓孩子真實踏遍自己生活島嶼的說詞，疏懶成性的我，重心全數是家庭裡的種種，恐怕仍會讓自己的夢懸成空泛。

說來饒是耐人尋味，想是從前與淡水緣慳吧！

台中到淡水的距離，遠近於本島第二個直轄市與淡水的距離。而我，卻在落籍港都多年後，才加倍顛簸的，在縱貫鐵路上搖搖盪盪，進了台北，又繞路到了淡水。

也許沒人會信？其實連我自己也覺訝異。

淡水在我夢裡沒有影像，所有的意象只是飄渺，這樣原是無根的夢，竟也能在心底磐石般的穩住？但也因腦海中原是一片迷濛，才能沒有先入為主的干擾，乍然見到時，淡水以她清麗素淨的臉龐迎接，在天方張眼旭日將升的早晨。

莫名的我就戀上了淡水，在第一次的凝視中，怔怔於她的淡雅，她無塵的美，漾了水似的。從此，有了一幅淡水的圖像，在我腦際。年年找尋藉口從家庭出走，必是要去首善之都，再搭乘捷運淡水線，以四十分鐘瀏覽大半座台北城，然後像回家般的出了捷運站，入了淡水的懷抱。

捷運通車後，淡水的面貌多樣，或是見她妖嬈，或是說她富生命力，或是讚她如濃妝後的仕女……。然而不論別人如何看她，我依然只看到她的淡雅、她的溫柔。

何妨河堤邊上坐，靜靜與對岸的山巒相望，慢慢凝視成相看兩不厭，心下即是一片清明。或者選定一家河畔咖啡屋，穿透咖啡裊繞的香氣，氤氳成河面的朦朧，寫就了獨享的詩情畫意。又或者只是老街閒蹓，也能在鐵蛋、阿給、魚酥裡，嗅到她獨特的香氣，品嚐飽含歲月的美味。

幾年來有幾次，是趕在暮色中滑進淡水懷抱。墨沉沉的天色下閃爍著各色亮光，黑夜的淡水彷彿織了錦，錦緞上搖閃著各色花卉各色鳥禽，花正綻放、鳥正撲翅，好不熱鬧！披了墨黑紗帳的淡水河，靜默無語的漾向出海口，像是誰含情脈脈的眼波，盈盈的流轉。

我甚至夢想將來賃居在河畔，覓尋一戶像那美學專家的雅居，臨溪開了窗，晴朗的日子裡，迎接風迎接陽光入門來作客。飄雨時分，聽雨打窗扇，或許也能有雨打芭蕉的趣味吧！深夜無眠時，憑窗靜聆水流潺潺，是訴說著怎樣的情思？這樣的居處，獨處也罷，親子同樂也罷，或是偶而三五好友相聚也罷，都能盡如人意。尤其茗茶對弈，或者讀書寫作，也都是神清氣爽。再有心緒時，斟酒邀天上明月，並對岸山巒，對飲成了幾人呀？

美麗的城鎮恆常嫵媚，無論她在哪個年代，哪個季節，哪個時段，依然亮眼動人。從童稚純真的展讀書冊，而後情竇初開的遙想擺渡，到攜子少婦的首度驚豔，再到而今年過一枝花，正編織著遲暮之夢。淡水這座錦繡般的臨海山城，仍是我夢中的橄欖樹。

所以將來，請不要問我從哪裡來，我只是要去築夢淡水。

而現今，我只是在找尋。

有沒有一種車種，能夠由燠熱的南台灣，直達有涼風習習的淡水？

有沒有一條軌道，可以在心裡悠遊來去淡水？

——二〇〇五年一月十八日台灣時報副刊——

第五輯

浮生

誰的寶貝

會是誰的寶貝？

這一生即使已過了不惑之年，到目前為止，她經常問著蒼天的，便是如是的一句話。

從小在家裡和爹爹最親近，該是爹爹最鍾愛的女兒吧！可記憶裡爹爹從不曾抱她上膝，輕輕喚著：「寶貝，我的兒呀！」爹爹頂多是摸摸她削瘦的臉頰，笑意深深的招呼：「來吃糖。」

所以她心裡自是明白，爹爹最喜愛她這個么女的。打有記憶開始，親娘家較嚴格，有時苛責的樣兒，叫她心裡老有著自己是抱養來的錯覺。幸好爹爹總是含笑召喚：「聽哪段故事？審郭槐？烏盆記？還是四郎探母？」

是寶貝吧！才能有這等榮寵，所以該要安安靜靜坐在小板凳上，讓忠孝節義的故

事，藉由人生悲歡離合的情節，緊緊扣住她的心靈。

姐姐們可都沒有這等福分，只她能在爹爹跟前遶，只她能隨著爹爹三輪車去三輪車回的遊逛市街，也只她能坐在爹爹腳踏車前桿安放的小小藤椅裡，乘著涼爽的夜風四處兜風。

是血液裡留著爹爹最初給予的血，是基因裡爹爹的遺傳因子特多，是性格裡已有爹爹的影子。否則為什麼親娘生氣爹爹時會指著她罵：「跟你爹一個樣，只知吃喝玩樂、遊蕩閒晃，還能有什麼大成就！」

「為什麼要有大成就？只要爹爹能陪著我，就是我的大成就。」但這話她可從來都沒說出口過。不過她倒是欣喜於自己能是像爹爹的，不論是形貌，或是個姓。

爹爹與她之間的關係，與其說是父女，勿寧說是朋友。棋奕間或讓棋或不讓，都是爹爹寶貝她。有時是擔心她輸棋難過，有時卻是從訓練她棋藝功夫著眼，所以不讓棋。臨摹書法時，爹爹會在報紙上先示範，再教導她握筆提筆運筆等該要注意之事。爹爹說：「字如其人，所以要好生練習唷！」

十來歲的年紀裡看爹爹身材頎長，寫得一手好字遒勁中不失俊美，果然雅士是溫文。從她眼裡看到的爹爹，是著長衫由漢唐而來的古代書生，怎會身處如此不堪的年代？她為爹爹叫屈，可誰能叫磨人的日常瑣事停足呢！

中學時學校教了一套拳，說是可強身，可防禦。爹爹寶貝她，竟以自己胸膛當沙包，讓她練拳。她也老實不客氣的在爹爹的胸膛出拳。當時年紀小，只顧著練拳的興味，從不曾想過爹爹是否會內傷。直到多年後，爹爹因肝疾臥榻時，她才猛然記起自己年少時的荒唐，也就會時而自責問著爹爹：「以前拳擊你胸膛時，痛吧！」

爹爹總一貫的笑說：「那麼輕的力氣，哪會痛？」

「真的不痛？」她總也要不放心再追問。直到爹爹連聲道著：「真的真的真的不痛。」她才會稍稍放心。

爹爹寶貝她真到了極點，她總是在心裡這麼想著。

爹爹在家時，總固定坐在沙發一角看書，她向來愛在出了自己房門後，遶道爹爹身後，把手掌輕放爹爹那蓄髮五分的髮頂，再揉搓一番。她愛極了爹爹那髮頂的柔軟，彷

佛是溫柔的依歸。

而爹爹總是不慍不火，任由她碰觸，即便是她已成年，爹爹黑髮已斑白，她仍能獨享這特別的恩寵。

她會想自己不爭無欲的性格，輕緩柔軟的行徑，大約是來自爹爹的寶貝她。爹爹臥病後，總盼著她回家去遞茶餵粥。爹爹說：「妳都會吹涼了再慢慢餵我，一口吞完，妳才會再餵一口，他們都很急，我都還沒吞完呢！」

聽著爹爹的訴苦，她心裡滿是不捨。可她也清楚，包括親娘手足等，人人都有自認不能停的工作，並且陪伴病人又多是枯燥無趣之事。誰人像她與爹爹有不可斷的親暱，所以她願病榻前為爹爹唸報，聽著爹爹回顧一生似的說盡枝枝節節〈有些還是親娘從不知的〉，她也願讓自己呀呀學語的兒，到爹爹臥鋪前，給爹爹摸摸頭拍拍肩，即使是親娘阻止著：「小孩子，抵抗力差，房裡多是細菌。」她仍堅持她的兒一起身，一定要去向爹爹請安。而她鍾愛的兒也習慣自己梳洗後，就踏進爹爹房裡稚言稚語的說著：「外公，起床了！起來刷牙了！」她聽著不禁莞爾。然而隨後爹爹的回答，可又是令她惆悵許久。因為爹爹對她的兒回答：「外公若能起得了身就好了！」而她那仍不解事的兒，總也不放棄的拉著爹爹的手，硬是：「外公，起床啦！」的說著。直到她進房去向娃兒解釋說明，她的兒才會還給爹爹安靜的空間。

隔年開春後，爹爹走得平靜安詳。可她卻有很長一段時間，只要一想起爹爹，就會粉淚盈頰。

她想，爹爹走了，自己會是誰的寶貝？

——二〇〇二年九月十日台灣新聞報西子灣副刊——

開窗

和教會裡的姐妹相熟，實在是始料未及的事。

原先出入教會，只是感動於淑惠、淑美等人的勤奮。她們一早在處理完家務，孩子上學、先生上班後，從容不迫的去到教會。

這樣一個屬於婦女的課程，又與各機構所辦理的成長團體大異其趣，因為是以多數人向來所懼怕的英文來進行的查經班。參加英文查經班的姐妹們，對於充實自我的決心與堅持，實在令人動容。

這之中，有人清晨六時即起身收聽美語廣播，甚至錄下每日課程內容，而後反覆不斷的聆聽，以訓練自己的聽力。有人則是利用做家事時背誦單字，有時是拖地時來來回回間記下了，有時是做飯烹調間在心默記。更有人把握機會與鄰家菲傭交談，或勇於與教會之美籍牧師討論，以提升自己的英文能力。以這般毫不懈怠的心態學習，其所激發

出來的能量，絕對是不容小覷的。

加入這個婦女查經團體的初始，其實是懷著戒慎惶恐的心情。一方面既要憂慮我的信仰，跨越不了基督的門檻。另一方面又倉皇於自己原已不佳，後又荒廢多年的英文。因而經常謹慎裡不免陷入無法靈活的窘境，立即張口結舌，彷彿瘖啞一般，無法吐出意思完整的字句。幸而，教會裡散溢著溫暖親切，同屬宇宙子民，沒有差別，沒有排外，一律平等博愛。而且，熱心溫情的姐妹們，總會適時引導協助，並給予鼓勵支持。

有了一處可以放鬆不再緊張的學習處所，有了讓我逐步尋回失落已久的信心的團體。這才發現，原來在離開學校多年之後，在生命步入中年之際，在滿身柴米油鹽醬醋茶的雜味之外，也能再一次感受到青春活力，再一次展現生命的熱勁，再一次擁抱滿心歡喜。

心境的喜樂與否，正是左右我們生活的要素。而這份無法言喻的歡喜，絕非能夠緣外求得的。現代婦女在超速的時代步履間，常有苦悶之嗚，也因而無法自生活中尋得快樂。殊不知，快樂的泉源，正是在我們自己的心裡。

只要心中定下一個目標，願意朝它邁進，那麼日日晨起，肯定是願意以笑容來裝飾人生。雖然教會的姐妹們，一週也才一次聚會查經的時段，但個個都精神抖擻，神采奕奕的融入當時情境。在非聚會的日子裡，有時相約共同學習；有時參加社會中各類志願服務；有時則是彼此電話聯繫；更有時是聚餐聯誼。而在每一種互動中，都填滿了心得交換與關心祝福。

生命若有了向上向善的動力，那將是充實又有光輝的。而我所要學習的，就是教會姐妹們努力用功、及時求知、奉獻服務的人生態度。而這不也正是「見賢思齊」的明訓嗎？所以，我若以教會姐妹做榜樣，日日奉行不輟，最終除了語文將有所進步之外，生活內容也將更豐富，生活品質也會更美好。

或許，與教會的姊妹相熟，是因緣具足，所以一路行來如順水推舟自然。我珍惜生命裡能有機會開啟另一扇窗，也才能承受無限喜樂。

——二〇〇一年三月三日台灣新聞報西子灣副刊——

陪伴

初次見到瑾文，有些意外。

心想，模樣可愛、眉清目秀的小女孩，一點也看不出是瑾文媽媽口中形容的，頭腦鈍鈍，數學做不來，書讀不好的孩子呀！

瑾文媽媽會送瑾文到我的家塾來，是透過另一個孩子的媽媽介紹。記得瑾文第一天來的時候，她的媽媽說有些課後輔導的老師打得兇、打得重。所以在談論孩子之後，語氣有些怯生生的說著：

「瑾文爸爸說，請老師教得生氣時，打輕一點，可不可以？」

當下我立即回答我是不打孩子的，瑾文媽媽這才放寬了心，笑逐顏開將瑾文留在我的教室。

我曾經和媽媽們分享過，如果可以拿到滿分，每個孩子都會願意去取得，怎麼會故意放棄一百分，只考回來七十分，或更少的分數。我知道孩子們也不想考不好，他們只是在學習過程中信心不足，或者是學習方法錯誤罷了！身為大人的我們為什麼不能給孩子機會，讓他們慢慢調適呢？

生活在步調快速的年代裡，我們很容易忘記孩子的成長是需要時間的。那麼，我們何妨以一種等待的心情，給予孩子慢慢長大的空間。只要我們夠耐得住性子，當我們看到孩子一點一點的成長，絕對是會有所感動的。

事實上，我並沒有三頭六臂，也沒有超能力，更沒有寬敞舒適的場所。但是我有一顆真誠陪伴的心，願意為孩子營造家的感覺。好讓每個來到我這裡的孩子，能夠放鬆自己，然後在輕鬆愉快的氣氛裡，慢慢找出藏在自己身體很久的朋友「信心」。

其實，孩子的信心，是建立在週遭長輩的鼓勵中。一個有了父母師長讚賞的孩子，他的信心才能牢牢的跟隨著他自己。遺憾的是，身為長輩的我們，很容易就忘了這種「大事」，卻偏偏會記得孩子們做過的「小事」，然後在一次又一次的責罰中，把孩子最重要的好朋友，給嚇得躲進心的深層角落裡，再也不敢出來了。

瑾文來到我這裡一段時間後，也慢慢的找到她心裡那個好朋友了，而且漸漸相處融洽，所以在學習上她也漸漸能適應。大概瑾文的成果也讓爸媽滿意，因此有次月考後，瑾文媽媽買了一只可愛的卡通手錶嘉勉她，她還高興得向我展現媽媽買給她的「禮物」呢！

我發現，若是我們越能接受、包容孩子的一切，孩子就越能發揮他們的潛能，也就越有發展的空間。

——二〇〇四年十月二十一日台灣時報副刊——

家塾老師

說我不是老師嘛！偏偏孩子們和他們的父母，都稱我一聲「老師」；若說我是老師嘛！卻又沒有任何一個單位可以給我一紙證明。所以我呀！在傳道授業解惑的行業裡，是妾身未明的唷！

會從事這項體制外的教學，實在是無心插柳之後的專注投入。孩子幼小時，我喜歡在日常生活中，隨機說些古典故事，諸如孟媽媽搬家、老萊子跳舞、黃香搧床等溫馨感人的親情倫理。有時我們母子會一同吟唱詩詞，藉由輕快活潑的曲調，辭美義深的文藻，來陶養我子善良敦厚的本性。

中華文化歷經數千年的傳承，其間多的是感化人心，及值得稱頌的忠孝節義。我想孩子的課業成績不必然要出類拔萃，也不一定要多才多藝，但求孩子在一路成長裡，能平安快樂並知書達禮。在面對現實社會的光怪陸離，及偏執浮華的價值取向時，能有自

己正信定見。

大約是我母子間的互動，觸動了街坊鄰居的媽媽們，於是抬愛的將他們的孩子送來我家。一週幾個小時，我為孩子們說說故事、念念唐詩，再玩些造詞造句、文字接龍的遊戲。嘻嘻哈哈間，孩子們從玩耍中學習到合群，也獲得了些許啟發與陶養。

後來我的孩子進了小學、中學，我的家塾仍然開著門，只是加進學校課業的輔導。我常跟孩子們說，知識的獲得固然很重要，但是做人的道理更是不能不懂。所以基本倫常和生活態度的看重，是我一慣的堅持。這是因為深切盼望孩子們能從自尊自重裡，培養出尊重他人、關懷自然的恢宏胸襟。

有人視我為家教老師，而我則只是抱持惜緣的心情，來看待與每一個孩子的相處，以及和每位家長的互動。在我眼裡，每個孩子都有他的長處、他的可愛處，也都需要身為大人的我們去關照、去扶持。而孩子們的信心，正是來自於四周親近的大人對他們的支持與鼓勵。

韻心的媽媽看到孩子們與我總是說說笑笑，曾經不解的問：「這些孩子都不怕妳，想什麼說什麼，什麼都敢說。」對於這樣的問題，我的想法是，為什麼要讓孩子懼怕？為什麼大人不能放低身段做孩子的朋友？權威是阻隔人與人溝通的障礙，難道孩子對課程、對學習有問題，他不該問？對生活、對環境有意見時，他不能表達？

其實家庭是一個人最初接觸的所在，教育由此開始，所以比重應是佔家庭、學校和社會這三者中最多的部份。也因此我常對送孩子來的媽媽們說，孩子的學習過程裡，媽媽是最好的啟蒙師，如果媽媽有時間，媽媽陪伴孩子學習是最理想的。因為有了媽媽耐心的陪伴和完全的接納，孩子的學習將會是更快樂，學習興致也將更高昂。

一直以來我便是以對待自己孩子的心情，來陪伴這些到我家塾的孩子，善感敏銳的孩子必也感受到，所以他們願意像看待朋友般的信任我。曾有孩子在父母吵架時害怕極了，涕淚縱橫的跑到我家來，我想孩子知道這是一處安全的地方。

也曾有孩子在進入高中後，對我及我的家塾戀戀不捨，因為幾年下來，他們與我之間早已有著既是師生、又似母子的情感了。我想如果我的家可以是孩子快樂的學習園地，苦悶的宣洩處所，暫時停泊的港灣，不也很好嗎？

一些在國中教書的同學常感嘆，世風日下師道無存，不僅學生頑強難馴，甚至有些家長也不可理喻。在這方面，我這家塾老師倒是十分幸運，非但孩子們謙恭有禮，連孩子們的父母也客氣溫和。有時他們從鄉下回到高雄，常會送來自家栽種的蔬菜水果，孩子們的爺爺奶奶或外公外婆，若是住在臨海地區，那我也就常有海魚、牡蠣和蛤蜊可以食用。我若只是道謝不受，就顯得生份又失禮，也拂逆了人家一片盛情，於是恭敬接受，就當作是一種「束脩」吧！

朋友見我帶著這群年級不同、人數不多的學生，一副樂在其中的情狀，曾建議去參加教師甄試。但我想學習的內容可多可廣，學習的處所也可隨機變化。所以我堅持用媽媽的心情，以隨緣的態度，來陪伴每一個到我家塾來的孩子。

——二〇〇四年六月十七日台灣時報副刊——

我生了一個孩子

喜歡提筆塗塗寫寫，彷彿是一種本性，於是經常彩筆繪夢。尤其若能有旁人給予鼓勵，將更願意去展露。

國中階段青澀年紀忒是愛夢，鎮日在字裡行間奔忙，也幸得作品偶能化作鉛字，鋪排在報紙版面上，由是暗自期許，不能讓手中的筆禿了、銹了。

讀書時候，兼要照顧課業是說辭，其實懶散是真相，因此並不積極建構夢境，只由得思緒充沛時，才落筆揮灑一番。雖然刊登的機會仍有，但始終不曾積極經營。又或許是浪漫個性作祟，不刻意匠心追逐，只要偶然投影的靈思。因此行至大學畢業之時，仍不能有屬於自己的作品集結成冊。

當時年輕，生命中除了寫作這個夢境，還有其他在當時看來更撼動我心的夢，自然的容易忽略了寫作，任由它貧瘠不生一物。好多年裡，自己都忘了年少的諾言——緊握

手中的筆，好好寫作。

再重新提筆織夢，已然年過三十，看待事物也有了另一種感動，才猛然發現寫作這個夢，一直是堅實的嵌在心底深處。從前是自己的年輕受外境牽動，而遺忘最真最深最美的浪漫，應該是從心底浮影，再藉由筆下傳給外界。

不再愚癡後，於是心情清明許多，生活中隨手拈來均是寫作素材，再不迷信靈感了。天下事，真是一分耕耘一分收穫。這一路謹慎小心的寫著，數來也有數十篇作品蒙各副刊主編選用，也由於這一份被肯定的鼓舞，支持著自己在一枝花的年紀裡，仍要精神十足的，從逐夢的趣味到築夢的踏實，一步一步走著。

文章千古事，如果能將自己的作品編輯成冊，不啻是對自己的鼓勵，也將是留傳給後代的壓箱寶。三年多前，當我把發表過的四十多篇文章彙編成冊時，彷彿孕育經年，有著自己許多特徵的娃兒，方才呱呱落地似的。當是時，捧著它的那份喜悅與滿足，真的無以名狀，也由此告訴自己，這樣的孩子我仍要再生！

——一九九八年六月十五日台灣新聞報西子灣副刊——

天空

童稚時代，我的世界是天空。

小時候，歲月總一色的蒼白憂鬱，將我緊緊鎖在自卑的城池裡。那時貧困的腳步總是疊印在我們身後，於是在不同地域輪轉，腳步匆匆忙忙。生活空間的不能生根，又怎會有恆久的童伴！

那時節我方年少，善感的心靈沒有慰藉，多的是愁悶悲苦，於是天空變成了我傾訴的對象。

天際幻化不定的雲，映照了我諸多不切實際的夢幻。仰首望天，朵朵飄浮的雲，時而是人，時而是物，正如心中翻擾不停的迷思。寂寞時，晴朗天空雖然無語，倒也能靜靜相伴，解我孤獨。此刻若對天冥思，所有的哀愁，都能在亮麗天色的照拂下，轉換成平靜。有時天氣陰雨，隔著雨簾看天，多了幾分傷感。倘若自己也正寡歡，與晦暗的天

空正成了同病相憐，此刻若望天，一陣陣風雨好似全打入了心底，雨越下越大心將越往下沉。

浩瀚無垠的天空，那時候贏得我完全的膜拜，無遠弗屆的九重天，包容那瘦小卑微的女孩。曾經期盼展雙翅敖遊虛空，完全奔放在藍天白雲之間，而這，無疑是飄渺的遐想。

天空富雅量的容下許多純稚不凡的夢，因此才有日後從夢境中走出，腳踏實地生活的我。天空也伴我度過幽怨無助的慘綠少年，在它的遮掩之下，方有堅強勤奮的我。

宇宙間這一片天，無論陰雨晴朗，都是我一生信賴的守護。

成長時在「書中自有千鍾粟，書中自有黃金屋」中，覓尋到另一片無法丈量寬廣的天空，於是直是無怨的攀爬。此刻，天空在我雙掌緊握的書冊中，迅速變換引人入勝的景致，從此，再也無法捨棄自然樸拙的仙境了。

讀書一旦不是負擔，便能從書中咀嚼出許多不凡的美味。因此在該是厭倦書籍的年紀裡，反而在教科書的夾縫中，時時塞入令人愛不釋手的書卷。淡色青春如瑩瑩雪地般純潔，毫無塵垢，所有的心思都置放在卷軸之中，跟著前人傷春悲秋去了！

當成長的苦澀無處疏散時，便一一疊印在古人詩文之中，因為唯有這條亙古常存的流，不曾譏笑我的悲愁。當時以少女的心觀看世間，許多事都成了沉重的負擔，肩負不了過重的負荷時，苦悶於是覓著書籍中同樣的感應，如此方能如釋重負並悠然人生旅途。

與書相伴，不需時時注意情緒變化，小心翼翼唯恐一不小心得罪了人。走入書香世界，可以古往今來一縱千里，也可上天下地遍尋奇景。如此悠遊自如，毫無時空限制，豈非人生美事一樁！

因為書中自有華屋美食，所以向來即不苟求生活，素衣簡餐即可度日。而人生愉悅之事，則是擁有一方小小天地，並與書冊為伴，喜時共歡樂，哀時則同銷愁。

雖然只是暫居房室一側，但書裡天空無垠無盡，既已跨足進入可以隨時神遊的天空，從此再不願輕言離去了。

——二〇〇一年四月十二日台灣新聞報西子灣副刊——

商借記憶

走過物資貧瘠的年代，順勢恭逢了台灣經濟起飛的階段，也見證過經濟泡沫化的空虛。島內的建築物，從木造平房、四合院，到公寓大樓、透天別墅，在在都有其獨特風格。有一些經典建築，更是建築師嘔心瀝血之作，也許東洋風，也許歌德式；或者完全後現代化設計，又或者融合中古世紀格調，總之都能引人入勝。

然而有一座建築恆常矗立在我心裡，即使是如今已灰飛煙滅，它仍佇立在我心裡的一個角落。這座建築其實佔地不很大，但它細緻優雅，兼還莊嚴肅穆的氣勢，總讓我在踱步經過時自然放緩腳步，再對它行個注目禮。好像多看上兩眼，心裡就會踏實篤定多了！

我最愛流連它側邊的小水池，水池極小不及兩坪，但因池邊栽種了柳樹，細細柳條隨風飄搖，搖盪出幾多青春夢想。文學院的課常排在A棟樓，課室裡年輕飛揚的心，有時不經意的就飛向窗外，越過柳樹梢，停留在「顧訓堂」的夢幻裡了！就是這棟建築活在我心裡。顧訓堂是學校的禮堂，經常作為舉行典禮、演講、表演的處所，雖然它並不

是戲院，可我卻在那兒觀賞過許多好片。

回想起來，讀書的歲月最是美妙！尤其我的學校在當時清一色只有女學生，因此校園生活常是隨興、隨喜、自由、自在。而只有女生的校園，特別容易引人遐想，他校男同學總是好奇，想要入校園來一探究竟。男同學可以進到靜宜的機會，除了校慶園遊會之外，就屬週六下午放映電影的時段最受青睞了。

週六下午的電影固定在「顧訓堂」播放，顧訓堂就建築在離校門不遠處。這樣也好，都是女生的學校，也不宜讓他校男同學太容易就直驅幽靜的校園。

剛進宜園時諸事新鮮，方才揚棄齊耳短髮，換上微綣髮式，試圖讓自己不那麼的形拙。幸而校園裡每日接觸多是女同學，也就自然許多，對於我這個自小不慣於與男生相處的人，少了在異性之前的不自在，心下輕鬆不少。可這情形總會在週六進出「顧訓堂」觀賞電影時起了變化，不自覺的就彆扭起來。電影是對外開放，尤其欣賞一齣所費不過五元，當然吸引許多愛好電影的人士前來觀賞。這些他校的男學生，有的是三三兩兩、零零落落的進場，他們談笑風聲、瀟灑自若的樣子，惹得拘謹在一時間綁架了我，若非有同學作伴，心裡還真難無風無浪呢！有的男生是學校各系學姐們的男友，那麼進場的畫面是成雙成對、才子與佳人，那年代的戀人在公共場合，多半謹守「發乎情、止乎禮」的份際，至多是眼波流轉間透露了情意，但也是那彼此眉目傳情的靦腆，直震動到心裡，叫人忍不住的要心生羨慕了！

多少年過去了，靜宜已遷校至沙鹿多年，復興路上的宜園早已在怪手下傾圮，曾有的足跡早消失在那改建成商業大樓的地基下，曾經的年少癡狂早幻化無形，曾經的風花雪月也早已灰飛煙滅。

那些青春年少的往事，悠悠忽忽一下子就飄得遠了。沙鹿多風的山巒，應該也有座更輝煌的禮堂！新的禮堂是否也是個放映電影的處所？現下男女學生兼有的校園，是否還有他校男生站崗的奇景？

已矣乎！現今是網路視訊無遠弗屆的世代，早不作興一群人填滿一個空間的休閒。復興路上舊時宜園的「顧訓堂」已成經典，便縱有傷懷縷縷，也只得在記憶裡憑弔了！

——二〇〇四年九月十七日更生日報——

第六輯　妙趣

一個奶姨六個娃

一群外甥自襁褓時起，就都跟我特別有緣。尤其是二姊的三個孩子，簡直是我「拉拔」大的。

我高一時，二姊就當了「新娘」，高二時她就升格當了「孩子的娘」，偏偏她那時還是玩心頗重的少婦，一有娛樂節目，孩子必是送來「大後方」——她的「後頭厝」也真的是提供了很多人力物力，使她真能無後顧之憂，誰教那小子是我們家第三代的頭號人物呢！

爹娘首次升級成了「公婆人物」，自是笑得闔不攏嘴，理所當然負責「含飴弄孫」；大姊年歲較長專司督導；三姊大學生活多采多姿，假日也有社團活動，才不願犧牲青春與奶娃泡在一起。這照顧「宇宙繼起之生命」的重責大任，就落到我肩上了。

小主人兩個月大的某個星期天，被「後送」之後，「各級長官」一一會面之後各自忙去；服侍進食、逗弄玩耍的差事，自然是小卒子我的職責。

近午時分，小主人享用大餐後，忽然握拳使力，整個臉脹得通紅，心想可是我服侍得不如他意，於是盡陪笑臉道歉安撫，誰知「噗」一長聲後，「臭氣沖天」——原來這小子解大號了。

這下我可就頭疼了，我一個黃花大閨女，從來都只處理自己的，突然間要處理別人的，而且還是個「男生」呢！多彆扭！幸虧當時四下無人，我硬著頭皮把護理課剛教過，怎麼幫小娃娃擦小屁屁和換尿布，一一按著步驟做完。大功告成時，那小鬼居然咧嘴對我笑著，好像是說：「不錯，妳真行，我很滿意。」

大概是我的表現「老少咸宜」。此後一直到大學，甚至畢業後，每逢假日、寒暑假，這些娃娃，便會自動來報到。其實我沒有特別招數——只是以疼愛「小動物」的心情對待他們。

平日我做飯時〈因為母親是職業婦女，所以假日都由我下廚〉，必在廚房擺上一張大圓凳，再將小鬼放在上頭，一邊看我做飯，我一邊餵著早先熬好的稀飯。一口一口餵著，不知不覺也餵了半個圓圓的小臉盆。

二姊向來不知道外甥在娘家受到「上賓」的禮遇；有次聽大姊說起，居然指責我將她的寶貝當「小狗」養，真是「狗咬呂洞賓不識好人心」。若不是我如此煞費苦心的照顧，那小子怎能未滿週歲，就有二十三吋的「熊腰」？

這一票外甥，我一律平等對待，絕對「兼愛」，沒有偏袒。不但照顧腸胃，還啟發他們的大腦。我唸著「人之初……苟不教……」下文都還沒出口，小鬼頭倒搶先一句「貓來叫」；也可以把「紅豆生南國」唸成「紅豆生芒果」。雖嘔，倒也為小鬼頭的調皮逗得自己開心不已。

說來也許沒人會相信，我大二參加班上郊遊時，全班只有我攜伴參加，而這個伴就是當時三歲多的外甥。現在想想，不知道帶他去做什麼，我真是「秀逗」。

畢業後幸運留在系上工作，碰上假期或是大考完的週末，工作較輕鬆時，我也會帶著小外甥去上班。有一回更是「大張旗鼓」又是尿布，又是奶瓶，抱著未滿週歲的外甥女上「學」去。

想想，那時居然不怕人家誤會，一副君子坦蕩蕩的神態。還是系上一位教授一語點破：「以後抱妳自己的孩子才更好玩。」

直到多年以後，自己當了媽媽帶了孩子，才恍然大悟，帶孩子不只玩玩而已，責任可大著呢！

從家裡誕生第一位新新人類，時值我高中須勤勉奮鬥時期起，一個奶娃接一個奶娃的抱過。直到十年之後我成家時，總共抱過大姊兩個，二姊三個，三姊一個，合計六個。

這之中大姊與三姐只是偶爾給我機會實習，唯獨二姊這號人物，她的三個娃娃自小在我放寒暑假便由我帶，甚至到他們上了小學、中學，我也遠嫁高雄，他們還是「墨守成規」，一到寒暑假就要回我這個「巢」來調劑調劑身心。

前兩年二姊一家移居加拿大，去年回來度假時，看著兩個「帥哥」一個「美女」，怎麼也想像不出當年出生時，這三個小傢伙「頂上無毛」的遜模樣。

原以為帥哥遠赴重洋，學習西方禮節，必定是一位優雅的「尖頭鰻」，豈料竟是頂著一百八十公分的身軀，與我那幼齡女兒大玩「躲貓貓」。臥室一間閃過一間，撞得門板嘎嘎作響，說他一句「幾歲啦！讓著妹妹點」，二十郎當歲的外甥居然大言不慚說：「我才三歲，我是小娃娃。」

天啊！是我擅長哄三歲奶娃，還是我帶出來的娃娃，永遠只有三歲？我真的迷糊了，不過看著一屋子大小鬼頭，我還真有女性成就感！

——一九九五年七月九日聯合報繽紛版——

女兒與狗兒

住家附近新開了一家寵物店，每回攜女兒經過那兒，店裡許多馬爾濟斯犬汪汪叫著，女兒也興奮的與之呼應。只要過了那裡，女兒的要求隨即出口：

「媽媽，我好想養一隻狗呢〈ㄋㄝ˙〉！」

對於女兒這個心願，我始終幾近無情的拒絕，女兒倒是也不會立即死了心，她總會採取哀兵姿態：

「媽媽，可是……人家好想養一隻狗……狗狗好可愛ㄋㄝ˙。」

小狗可愛，我當然是明白的，但是公寓房子養著狗，可就不怎麼可愛。女兒也清楚家裡空間有限，但精明的她還是能挪出空間給小狗，她說：

「媽媽，可以養在陽台呀！」

天知道，我們家除了晾衣服的後陽台之外，再也沒別的陽台了。「不行」斬釘截鐵的回答，固然是會讓女兒失望的，但也只有這一種答案呀！

狗兒的與人親近，這我十分清楚。小時候，家裡養過一隻名喚「小黑」的狗。我十分喜歡揪著牠耳朵膩著牠，還喜歡騎著牠呢！黑呼呼的小土狗，媽媽嫌髒，我與弟弟可將牠當成寶呢！那年搬家時，媽媽故意放著小黑，不帶牠隨行，我心裡縱有百般不願，也只好忍著與小黑分離。誰知，小黑也是捨不得我們，牠一路跟隨貨車後面追趕，我們都不知悉。直到到了新住所，媽媽忙進忙出時，才赫然發現一旁喘著氣的小黑，媽媽這才教小黑的忠心給感動了。小黑於是又與我們生活了數年。

並不是自己曾經擁有了快樂，就不願讓女兒在生活中，也溫習一下養小動物的樂趣。而是現今的居處大多狹窄，一旦養了小狗，反而彷彿是囚禁牠們似的，無法給牠們寬廣的活動空間，這就無異於是在虐待動物了。

不能在家裡飼養小狗的理由，向女兒說明之後，懂事的她當然也不再堅持，可我也清楚的知道，她喜歡與小狗相親的心願。於是我不禁止她與任何一隻狗兒玩耍，包括逗弄街頭的流浪狗，我都要極力忍住拉回她的衝動。

想起每回去到台南大姊家，女兒絕對不必大人刻意去招呼她，她早已與大姊家中的一群狗兒們玩得渾然忘我了。女兒頂愛和約克夏種的「綣毛」，以及「綣毛」的同父異母的弟妹「小虎」、「小莉」前呼後擁的整個屋子轉。三隻小狗毛茸茸的，「綣毛」毛色黑亮，前額又未修剪，一副日本浪人樣，極有個性。女兒口中的雙胞胎「小莉姊」「小虎弟」毛色則是白色中雜有土黃色，看起來是比牠們的兄長「綣毛」來得乾淨亮眼多了。

女兒外貌秀氣，舉止倒是粗枝大葉，只要一到大姊家，她便急於解放她足下十姐妹，於是她的小襪子，便在脫鞋時也一併脫掉。就因為這樣，當然更是因她與狗兒們十分熟稔，所以常常玩著玩著，就會聽到她尖著嗓門，打著狗兒的小報告：「媽媽，綣毛搶我的襪子！」「媽媽，綣毛穿我的鞋子！」「媽媽，綣毛……」

幾隻小狗中，就屬「綣毛」最愛「逗」著女兒玩，老讓這小女生又氣又愛的。而「小莉」「小虎」可就斯文多了，總是跟前跟後，跑跑跳跳的玩著罷了。若是「綣毛」觸犯家規，正巧被關禁閉，只有「小虎」「小莉」陪著女兒時，往往是最高品質靜悄悄，有時還得特別去查看一下，否則還真以為失蹤了呢！

可能是女兒年紀尚小，所以比較偏好與嬌小體型的狗兒玩。大姊家中另有一隻飼養多年的日本土狗「討厭」，其實「討厭」溫柔敦厚，看家本領是一流的，看到自家人絕對十分有禮，低著頭鞠躬，外加搖尾示好。可是只要陌生人一接近屋子，「討厭」雖然不會立即張牙舞爪，但也已是警備狀態；倘若當真來者不善，「討厭」馬上會來個教人討饒不歇的伺候。也許是「討厭」那對善惡分明的眸子，也會教女兒畏懼，所以當「討厭」想要親近她時，女兒與「綣毛」牠們相處的自在感全數消失了，換來的是不安的呼喊：「媽媽，妳看討厭啦！」「討厭，走開……討厭……」

看著「討厭」一副無辜的樣子，實在為牠感到委屈。一窩子小狗都能得小美人青睞，唯獨牠沒有。想要自己投懷送抱，偏偏又嚇著了小美人。「討厭」的失落感，恐怕是極深極深了，因為這情況不是一次兩次了。

女兒盼望養狗的心願，一旦失落久了，應該也能成為自然吧！她這時大概只是好玩罷了，養狗的各類瑣碎狀況她怎會明白！看來，我還是需要慢慢向她說明，養狗的責任重大，可不是興致來時養養牠，一旦失了興趣，就放任小狗流落街頭，製造一些污染環境的問題。

我想，我這樣向她解釋，聰明的女兒，該是能懂的！

——一九九四年十二月十四日台灣日報副刊——

心的故事

跟孩子們談了一個心的故事，主要是想讓孩子明白，自己能不能做得好、讀得好，端在自己的心念之間。

當我們喜歡一個人的時候，非常奇怪，我們怎麼看，怎麼順眼，再看就更覺對方漂亮，更是喜歡。可是，當我們討厭一個人的時候，即使對方沒招惹我們，我們也會沒來由的嫌棄對方、厭惡對方。

我對孩子們說，這就是心的力量。

那麼，何不把它應用到自己身上呢？自己看自己，一切都是好的呀！我請孩子們每個清晨漱洗時，對著鏡子多看自己一下，並且告訴自己「×××，你好可愛哦！好聰明哦！我很喜歡跟你在一起，我要像你一樣好……」

我相信這是提升能力的好方法。一個人唯有在相信自己是好的、是聰明的情況下，他才會展現出他的潛在能力，也才會成為一個越來越有自信的人。

郁棻剛來上課時，每到做數學練習時，總是一句「老師，我不會。」後來，我發現她是害怕去面對，因為她總以為數學複雜到她無能為力。

於是我說了個比喻。當好多人在屋子外看煙火，看得讚嘆不已，頻頻道好，而郁棻卻老躲在屋裡說「我看不到，我看不到。」倘若郁棻願意起身開窗看個究竟，或是乾脆走出屋子，不是也能看到各種式樣的煙火嗎？不是也享受到了樂趣嗎？我說，我們現在的問題是出在，忘記自己也有開窗和走出去的能力。如果我們願意，就算窗子卡緊了些，只要用力去開，一樣可以看到外面美妙的世界。

讀書何嘗不是這樣，我對孩子們說「妳們來到了我的家塾，就好像我的孩子一般，我希望妳們可以讀得快樂、讀得好，我也相信你們做得到的。」

心的力量真的不可忽視，郁棻果然認真的開著她心裡的窗，她真的能看見屋外五彩繽紛的煙火奇景了。對於數學，她現在會說「簡單極了」，而在學校的成績也一路攀升，進入了五名之內。

看著孩子從自己的心找回自信，那份喜悅讓我逢人都要表露一下。多希望天下的媽媽們，都有一顆等待的心，等著孩子找回他的自信心。

——一九九六年六月二十六日台灣日報副刊——

週末心靈的宴饗

週六的聚會，是我們這五人小組固定的兩週一次的會面。這回機動調整到周末下午，而且地點選在誌文的學苑。

因為先陪女兒去學琴，之後匆匆趕到，稍有延遲。但是我們這小團體，是因緣合成，自有一份溫馨自在，絲毫沒有無形的桎梏，所以不會有任何壓力。

進了學苑的門，第一印象是整齊規律，比起我那因陋就簡的私塾教室，顯然氣派得多了。我衷心讚美學苑的佈置與規模，誌文倒是安慰著說，他這是為成人上課，客室安排當然會略作成人學員的需所考量。

我倒是不會因任何的不足而自慚形穢，因我向來堅持自然就是美的信念，而且顏回居陋室，一簞食一瓢飲，都不能改其樂了，我的家塾又何陋之有？我只是真的喜歡欣賞別人富創意的安排。

在左右兩側貼滿學員作品的牆面下，互相分享兩週來各自的成長，以及新的生活體驗。我們不自限牢籠，反而有更開闊的吸收。比如聆聽玉冰的轉述演講〈美感經驗再論〉的精華，我們其餘四人等於在極短的時間裡，也經驗了一場深入的美學指導。而誌文展示了一幅透過衛星拍攝的臺灣鳥瞰地圖，他感到自我的渺小，彷彿只是細菌一般，而這樣一個小小細菌，竟然也能穿越高山峻嶺，由北而南，遠離繁華的臺北，定居在南台灣的工業城市。誌文的一番自我省悟的話語，也確實震入眾人內心深處，我們在這浩瀚宇宙中真的微不足道，但對於我們自己的生命成長，其實也可以是壯碩的，也可以是自傲的。

尤其當我回顧到我由〈家會傷人〉的錄音帶中，吸收到的自我重整方式時，更深深覺得能夠自我反省，並由其中為自己療傷，進而預防在他人處製造傷痛的人，其實更是值得肯定讚揚的。我將我學習到的心得與眾人分享時，淑敏很快的為自己把脈，她發現原來現在某一個行為，是由於幼時被父親雕塑出來的，她也發覺到那個形態不是理想，於是要重新自我重塑，我們大夥兒都一致給予肯定鼓舞，並祝福她重塑成功。

誠如銘嵩在他的〈美術館站崗經驗談〉中說到的，「……每一個人都可能成為藝術家，可以把自己的生命雕塑成屬於自己的風格……」淑敏是如此，我們四人又何嘗不是呢？銘嵩為了照顧中風的母親，辭去教職工作，返回南部。他選擇彈性時間的家教工作，以便有多一些時間陪侍母親。孝心的出發，也給予了他自己另一種生活的體驗，而銘嵩也由這之中捕捉到內心具象的美了。

銘嵩數年前選擇這種生活方式時，在旁人眼裡或許是不智，但他忠於自己的品味，在他母親身體日漸康復之後，他於是有更多時間關懷人文，欣賞藝術，這難道不是一種財富嗎？世俗往往以框框架住思維，因此我們總無法真正遨遊穹蒼之下，我所羨慕的，正是銘嵩甘於寂寞的，在自己選擇的生活方式中拓展生命。而今他的世界，他的視野，逐漸變得又遼闊，又寬廣。

當心靈完全釋出，與他人作真善美的交流時，時間即成了不是重要的事項。我們在分享中傾聽別人，體驗別人，而同時也將自己的思緒與感覺放送出來，時而靜默，時而會心微笑，有時又自然的開懷大笑，因為一切是這麼溫暖。

互相道別之後，出了屋子，才豁然發現天色早昏暗，晚風也有些兒涼颼，然而方才滿室馨香仍縈繞我心頭。黑夜的街頭，我知道我並不孤單。

——一九九五年十一月五日台灣日報副刊——

一種感動

最近數日一直有一份感動，震撼著我的心靈。

上週六下午，我和朋友前往婦幼館，聆聽一場關於生活哲學的演講。大師的演講果然吸引不少聽眾，想來眾人對於在尊重生命、疼惜自己上，急需注入一些強心劑。

講演開始前，我在有著空調設備的演藝廳中，咀嚼著當天的講題〈行到水窮處，坐看雲起時〉，一直想從過去生活中的困坐愁城，到而今的隨性坦然，與王維詩句作證。

正當我在回溯以往與對照今日之際，演藝廳入口處進來了一位五十開外年紀的太太，她拄著柺杖，一跛一跛的選定座位坐下。因為正在我的左前方，我於是發現，她的右小腿直至腳踝處受了傷，裹著石膏，纏著紗布。就這一發現，遂轉化成感動。後來又來了一位年紀比這位婦人約略長幾歲的先生，想來是她今生的伴侶吧！老先生坐她身旁，為她放好拐杖，只是這樣生活化的體貼，又令我心頭有了一番感動。

我在無意中發現該婦人，隨著大師精闢幽默的演講，頗有同感似的頻頻點頭。她那挺直脊背專注聆聽的神情，又一次深刻的震入我心。我想所謂的「興來每獨往，勝事空自知」，不就正是這位婦人的表現，呈現最貼切的註解。她的真實面對自己，真實體驗生活，而且完全投入在當時的情境，她又何需勻出心神遷就他人？

演講散場之後，我並不去思索婦人的種種，只是想著唯有自己真心疼惜自己，為自己覓尋人生每一處美景盛事，並且完全投入每一場生活，才是真正在生活。雖然滾滾紅塵光彩絢爛，但繁華總有落盡時，而真正生活過的人，是不會跌入凋零的憂傷之中。因為人間諸事本就一空，既已曾經擁有，自然就不需有怨有悔了。

這種結合認命知命與隨緣的生活態度，並不是容易立即融入既有的觀念之中，但我想坦然接受，連諸佛菩薩都無法為我更改的本命是必需的，如此我才不會逃避不願見的難處，也才能完完全全接受原即有缺陷的自己。唯有在看清自己的優缺點之後，才能自我開發出自己更好的一面，那麼也才不會誤闖他人的生活。每一條自己走過的路，痕跡都會十分鮮明，因為是曾經完全投入用心走著的呀！然而路也不僅僅一條而已，當在疑無路的當口，允許自己稍稍停足瀏覽四處。只要不急切，總能覓出另一條出路，也許小徑，也許大道，但那都無損於我們前進的腳步，因為終竟不再有山窮水盡的疑惑了。

就這些由演講而得來的感動，溫暖了整個心靈，我想往後必要十分尊重我既有的生命，並好好珍惜屬於自己的內在資源，期盼在緣起緣滅間，能隨緣不變。

——一九九五年十月十六日台灣日報副刊——

有哥哥真好

有哥哥真好。

我喜歡被哥哥寵著的感覺，從同學的敘述中，深深切切感到那份無法言喻的幸運，羨慕之餘，更是盼望我也能夠享受這種「兄友」的天倫樂。

但是我沒有機會去體驗，因為我沒有哥哥。

小時候，四處遷居的漂泊結果，總是孤單。尤其與三個姊姊年紀相差較多，常常是她們上學我在家。坐在門檻上，望著太陽一吋一吋的西斜，等待媽媽及姊姊們歸來的心情非常深切。但是昏暗的天色，總是教人心生懼怕，門前揚起的煙塵，也容易讓人困惑。如果有個哥哥陪我在黃昏裡等著，如果有哥哥保護，心神便會踏實。

但是，我沒有哥哥的疼愛，仍只能讓孤獨作伴。

後來在蕃石榴林邊定居下來，對週遭由生疏而熟悉，平日一起玩耍的同伴年紀都相仿，唯有同排屋子第四間的哥哥（那時就是這麼喊著），總遠遠看著我們一群小鬼玩著，只是讓第四間的哥哥那麼看著，便能心生安全，真是奇怪！

那時我們多數小學四、五年級學生追趕跑跳樣樣都玩。而第四間的哥哥已是高二學生，品學兼優斯文禮貌，當年會想著有這麼一個哥哥，讀書就有了靠山了。

可惜，我終竟是沒有哥哥。

有一回，僅有的一次，第四間的哥哥與我們一起玩，玩繞著騎樓大柱子捉人的遊戲。一不小心，被第四間的哥哥攫住，遊戲時固然遺憾被抓，但有哥哥陪著玩的感覺真好。

其後國中課業繁忙，當然也是步入青春期之後，心性更易羞澀。別談是第四間的哥哥，就連一般年紀的友朋也少有接觸，因為學校下課以後，多半是待在家中，不再外出了。

生活一旦又恢復了純是女生的安靜時，「哥哥」，這五倫中的一倫，不覺又教人思想起他的好。尤其高中時期，班上一位同學常常笑吟吟的說著，他的美術作品來不及交時，哥哥會幫她完成；地理作業的地圖，也是哥哥幫她描繪；更令人羨慕的是，同學的哥哥會提著媽媽的菜籃，去租回一大籃的漫畫給她看，同學說著時，自然愉悅的神情，證明了她是被哥哥寵著的仙女。而我仍舊成不了仙女。

後來與他結識，也把高中同學的幸福說給他聽。那時，他說：「我就當你哥哥吧！哥哥只能愛護妹妹、幫妹妹畫地圖、不能讓妹妹難過。」但是，他從沒提菜籃去租漫畫，因為若干年後，他成了我在人生道上，比哥哥更親的人了。雖然他仍然不能是我的哥哥，但幾年來，偶而喊他，倒喜歡在他名字後加個「兄」字，聊以慰我一番盼望有兄長的思慕。

有天看了一篇文章，作者寫她哥哥早上為她做早飯裝飯盒，甚至雙手當腳墊，讓作者一步步爬上山的舊事，真是教人既羨慕又感傷。會對妹妹百般呵護的哥哥，我怎麼沒有！晚上昏黃燈下，告訴他我看的文章，他拍拍我的肩笑笑，似乎是對我說：「我是比哥哥更好的。」可不是嗎？

固然今生在手足之情中，有份少了兄長的遺憾，但這也無損於我的生活。更何況上天恩寵我，給了我一對小兄妹，所有我不曾得之於哥哥的疼愛，小女兒全數替我享受了。從小女兒月子裡，哥哥搶著抱她、哄她，到坐在學步車中四處移動時，哥哥陪著

玩、陪著注意安全，小女兒都享盡了哥哥的關愛。電視廣告裡有一部關於面紙的廣告，體貼細心的哥哥，竭盡心神要逗妹妹開心，最後妹妹笑得歪了身，哥哥為妹妹擦拭淚水的畫面，不正是我家也有。

妹妹長大些，哥哥成了她隨時待命的玩伴兼玩偶。小女生高興時，央著哥哥陪他玩、陪他畫、陪他唱、陪他笑。他那毫不做作的笑聲忒是放肆，但那也正是他沈浸兄長之愛中，所散放的自在歡樂。有時她以「凌虐」哥哥為樂事，怪的是，兒子居然也甘心願作妹妹的肉靶，讓她搥、讓她抓、讓她咬、兒子故意偽裝痛楚，小女兒居然也能笑開懷。我若是責備女兒欺侮哥哥，兒子縱容妹妹，兒子反倒是會替妹妹求情，並且樂意放縱妹妹繼續「玩」他，因為兒子說：「她玩得很快樂，沒關係啦！又不痛。」

有朋友說，他們家的兄妹都是各玩各的，因為合不來。我於是納悶，我家兒女年紀相差近五歲，怎竟如此和樂，屋子裡老是聽見小女兒尖叫嗓門喊著：「哥哥！哥哥！」她那撒嬌霸氣神態，分明是說著：「我有哥哥真好！」

——高雄縣婦幼館輔導雙月刊——

親愛的，孩子把我變小了

親愛的，小姑娘我……。

喂！喂！別那副表情嘛！不是我「呷老不認老」，實在是……「年輕真好」。不過到了一枝花的年紀，竟然也能被稱呼「小姑娘」，真是一個「song」字了得！

女人哦！最怕擦了歐蕾，喝了歐蕾，還是呈現風韻無存的死樣子。所以啊！我一日編過一日的返老還童夢，頂多也只敢在需要自我介紹時，支吾著：「小女子年方二十，另二十暫時存在光陰寶號」

親愛的，偏偏你又不懂女人「念奴嬌」的心理，既不幫我從諸多廣告中找尋永保「童顏」的美容聖品，而你也不是煉丹術士，可以為我煉上一味「不老靈丹」。所以，唉！小姐我如果冀望你呀！「哈甲死嘛無路用」，我看哪！我只能遙想當年十八姑娘一朵花了！

可是，親愛的，老天真眷顧我耶！今年這班正音班學生真是可愛極了。有一天，我教著「婆婆上山坡」時，我仔細向他們解釋，「婆婆」是年紀老的女生，而我們教室裏可沒有「阿嬤」或「婆婆」哦！接著我又向他們說明，很可愛很可愛的小女生叫做「小姑娘」。當下順口便問道：「我們教室裏有幾個小姑娘？」回答聲整齊得看出一致認同的表達。

天啊！親愛的，他們真的說……說……我是「小姑娘」耶。嘻！嘻！和他們一樣大的感覺真好。

不過，這「小」子輩的姑娘，偶爾過過乾癮是不錯啦！如果真要我回復到小女娃的「費思」，我可還要仔細琢磨琢磨。倘若是「童顏鶴髮」？倘若是「稚顏老聲」？倘若是……。

媽呀！親愛的，我不要變「小」了！

——一九九八年九月三十日台灣日報婦女家庭版——

誰說不是大志

朋友談起每晚傾倒垃圾的時刻，也是她「掙扎」的時刻，因為她的兒子一定央求同行。剛開始，朋友頗為孩子的孝心感動，後來才發現，孩子其實是去親睹「偶像」的手采，以「羨慕」的眼光，對著響著音樂的垃圾車「送往迎來」，而且對隨車服務的環保人員「鞠躬」道謝，直到見不著人車蹤影，才一臉滿足地回家。

有一回，朋友的兒子更是以興奮的神情表示：「我長大要當收垃圾的人。」朋友一聽，恍然大悟，這一向陪她倒垃圾的孩子，原來是去「勘查」、「實習」呀！朋友當然不願她的兒子胸無「大」志，於是暗地裡傷神不已。

回頭說說我兒子，他小時候老盼著坐「大車車」；再大些，他的志願則是「長大後要當公車司機」。然而比起他，我未入小學的志願，更是「偉大」呀！

五〇年代，都市中的住家尚無抽水馬桶之類的現代衛生設備，當時是由水肥公司每週固定派員挨家挨戶挑走水肥。那時我年紀尚小，整天無所事事，看著他們肩上橫架著扁擔，兩頭各掛著一個桶子，一杓一杓地將水肥舀進桶子裡。他們工作時，我一定「隨侍」在旁，然後亦步亦趨「尾隨」他們搖搖晃晃地走出門。

挑水肥的人工作是出勤的，午餐當然就是外食了。我曾經在陽光花白的夏日午間，癡癡地望著在對街騎樓圓柱邊休息的他們，只見三三兩兩斜靠著柱子，將腰間綁著的布巾取下，慢條斯理地取出飯盒，優閒地吃著午飯，餐畢順手拉下斗笠蓋著臉，然後或臥或靠或躺，享受午寐的舒適，深深撼動了我。也許就是這一份辛勤工作後還諸天地似的放鬆，支持當年的我，立下當水肥工人的「宏願」。

如今即便與此項工作無緣，我仍愛想起兒時這一段可愛的「大志向」。其實，童稚眼中所見事物均是美好有價值的。朋友的兒子想要「效法」垃圾車隨車環保人員，無非是能貢獻自己，將街道清理乾淨；而我兒子想當公車司機的心願，是因為「開車給很多人坐是件好棒的事」。

是啊！從小就能有關懷社會、服務人群的認知，這難道不是「大志」嗎？

——一九九九年三月十六日聯合報繽紛版——

國家圖書館出版品預行編目

不想她，也難 ／ 妍音著. -- 二版.
臺北市 ： 秀威資訊科技， 2005 [民 94]
面 ；　　公分. --　參考書目：面
ISBN 978-986-7263-42-1（平裝）

855　　　　94010040

語言文學類　PG0064

不想她，也難

作　　者 / 妍音
發 行 人 / 宋政坤
執行編輯 / 李坤城
圖文排版 / 劉逸倩
封面設計 / 羅季芬
數位轉譯 / 徐真玉　沈裕閔
圖書銷售 / 林怡君
網路服務 / 徐國晉
出版印製 / 秀威資訊科技股份有限公司
台北市內湖區瑞光路 583 巷 25 號 1 樓
電話：02-2657-9211　　傳真：02-2657-9106
E-mail：service@showwe.com.tw
經 銷 商 / 紅螞蟻圖書有限公司
台北市內湖區舊宗路二段 121 巷 28、32 號 4 樓
電話：02-2795-3656　　傳真：02-2795-4100
http://www.e-redant.com

2006 年 7 月 BOD 再刷
定價：240 元

讀　者　回　函　卡

感謝您購買本書，為提升服務品質，煩請填寫以下問卷，收到您的寶貴意見後，我們會仔細收藏記錄並回贈紀念品，謝謝！

1.您購買的書名：________________________

2.您從何得知本書的消息？

□網路書店　□部落格　□資料庫搜尋　□書訊　□電子報　□書店

□平面媒體　□ 朋友推薦　□網站推薦　□其他__________

3.您對本書的評價：(請填代號　1.非常滿意 2.滿意 3.尚可 4.再改進)

封面設計____　版面編排____　內容____　文/譯筆____　價格____

4.讀完書後您覺得：

□很有收獲　□有收獲　□收獲不多　□沒收獲

5.您會推薦本書給朋友嗎？

□會　□不會，為什麼？____________________________

6.其他寶貴的意見：____________________________

____

____

____

讀者基本資料

姓名：____________________　年齡：______　性別：□女　□男

聯絡電話：__________________　E-mail：____________________

地址：____

學歷：□高中(含)以下　□高中　□專科學校　□大學

□研究所(含)以上　□其他________________

職業：□製造業　□金融業　□資訊業　□軍警　□傳播業　□自由業

□服務業　□公務員　□教職　□學生　□其他___________

請貼
郵票

To：114

台北市內湖區瑞光路 583 巷 25 號 1 樓

秀威資訊科技股份有限公司　　收

寄件人姓名：

寄件人地址：□□□

(請沿線對摺寄回,謝謝!)

秀威與 BOD

BOD（Books On Demand）是數位出版的大趨勢，秀威資訊率先運用 POD 數位印刷設備來生產書籍，並提供作者全程數位出版服務，致使書籍產銷零庫存，知識傳承不絕版，目前已開闢以下書系：

一、BOD 學術著作—專業論述的閱讀延伸
二、BOD 個人著作—分享生命的心路歷程
三、BOD 旅遊著作—個人深度旅遊文學創作
四、BOD 大陸學者—大陸專業學者學術出版
五、POD 獨家經銷—數位產製的代發行書籍

BOD 秀威網路書店：www.showwe.com.tw
政府出版品網路書店：www.govbooks.com.tw

永不絕版的故事・自己寫・永不休止的音符・自己唱